来安文化丛书

詩意永陽

来安县文学艺术界联合会 组编
黄学海 王强 编

时代出版传媒股份有限公司
安徽教育出版社

图书在版编目（CIP）数据

诗意永阳 / 来安县文学艺术界联合会组编；黄学海，王强编. —合肥：安徽教育出版社，2024.11
（来安文化丛书）
ISBN 978-7-5748-0102-8

Ⅰ.①诗… Ⅱ.①来… ②黄… ③王… Ⅲ.①诗词—作品集—中国 Ⅳ.①I22

中国国家版本馆CIP数据核字（2023）第201027号

诗意永阳
SHIYI YONGYANG

出　版　人：王能玉
策划编辑：黄　玲
责任编辑：于　芳　张亚蕾
装帧设计：梅比安
责任印制：陈善军

出版发行：安徽教育出版社
地　　址：合肥市经开区繁华大道西路398号　邮编：230601
网　　址：http://www.ahep.com.cn
营销电话：(0551)63683012,63683013
排　　版：安徽时代华印出版服务有限责任公司
印　　刷：安徽新华印刷股份有限公司

开　本：710 mm×1010 mm　1/16
印　张：18
字　数：242千字
版　次：2024年11月第1版
印　次：2024年11月第1次印刷
定　价：68.00元

（如发现印装质量问题，影响阅读，请与本社营销部联系调换）

总　序

来安县地处皖东，历史悠久，早在新石器时代就有人类在此繁衍生息。来安地界唐虞时代属扬州之域，周初属徐国，春秋时先属吴后属楚。秦王政二十六年（前221）始置县，称建阳。后历经沿革，几易县名，曾名顿丘、高塘、新昌、清流、永阳，至南唐中兴元年（958）改永阳为来安。

来安位于江淮之间，紧邻六朝古都南京，据江北之门户，扼浦泗之要邑。2000多年来，随着朝代更迭、商贸流通和移民迁徙，淮河文化、徽州文化、长江文化、齐鲁文化在这片土地上交汇融合、传承发展，形成了兼收并蓄的独特地域文化。为深度挖掘地域文化，传承弘扬优秀传统文化，进一步增强来安民众的文化归属感、认同感，来安县委、县政府决定编撰出版《来安文化丛书》。

本套丛书共计8本，旨在多角度呈现来安人文历史、民风民俗和文学艺术创作成果，多层次展示来安文化艺术魅力。《来安地名探源》展现了来安的地理特征、经济和社会发展脉络，力求让具有特色的地名资料得以保存和传承，进而起到弘扬地名文化、加强地名文化遗产保护和传承的积极作用。《来安风采》收录古代、近现代来安著名人物的事迹或简介，彰显各时期的来安人文精神。《来安风物》通过对史料典籍与民间传说的挖掘，以生动通俗的文字多角度、多方位呈现来安的人文历史、名胜物宝、民间歌舞、民风民俗、特产美食等。《诗意永阳》收录来安籍或在来安工作生活过的文人墨客、诗词爱好者创作的古诗词、新诗和与诗歌有关评论文章，以及非来安籍人士歌咏来安人文风物的诗词作品。《文韵来安》收录来安籍或在来安工作生活过的作者，以及省内外知名作家创作的与来安有关的优秀散文、小说、报告文学、剧本等文学作品。《永阳墨韵》主要收录社会公认成就突出、德艺双馨的来安籍和在来安工作生活过的非来安籍书画家代表作品，同时收录部分名家评论随笔，让读者更好地品读书画家及其书画艺术的特点，并从其艺术成长经历中汲取向上的力量。《影像来安》精选大量图片，结合文字介绍，让读者通过光影直观感受1949年以来来安的发展变迁。《战地黄花——抗日战争时期的来安文艺》围绕抗日战争期间活跃在皖东淮南抗日根据地特别是来安境内的文艺团体，以及戏剧、文学、音乐、美术、报刊等红色文艺及其代表性人物的辉煌与荣光，全面呈现那个时代的文艺高峰和文艺特质。

丛书的编者、作者或在来安本地长期从事地方文化研究，或在文学艺术创作领域有所成就。他们积极搜集整理、深入研读挖掘资料，潜心筛选编撰稿件，力求更好地实现每一本书的定位。书稿完成后，丛书编撰推进工作领导小组又先后聘请了张祥林（滁州市政协文史委原主任、滁州市地情人文研究会副会长）、贾鸿彬（中国作家协会会员、安徽省报告文学家协会副主席、滁州市文联副主席、滁州市作协主席）、黄学海（来安县委宣传部原副部长）、吴朝元（来安县委史志研究室原主任）等专家、学者对8部作品分别进行审读，提出修改意见。在此，我们向各位主编、作者和专家表达衷心感谢！

党的十八大以来，习近平总书记指出，"文化自信，是更基础、更广泛、更深厚的自信，是更基本、更深沉、更持久的力量。坚定文化自信，是事关国运兴衰、事关文化安全、事关民族精神独立性的大问题"，"乡风文明，是乡村振兴的紧迫任务"，"我们要深入挖掘、继承、创新优秀传统乡土文化"。习近平总书记的重要论述，彰显了中国共产党人高度的文化自信和文化使命感，也为我们推动新时代县域文化振兴、筑牢文化自信之基提供了重要遵循。《来安文化丛书》的编撰出版，正是践行习近平文化思想的具体体现。希望这套丛书能够成为打开品读来安地域文化的一扇窗，让更多的人了解这片土地的过往；让更多的人铭记，没有一代又一代人的辛勤耕耘，没有前辈的浴血奋战，就没有今天的幸福生活。

来安，近者悦，远者来，来者皆安。愿中华优秀传统文化和来安地域文化藉此不断发扬光大。

是为序！

《来安文化丛书》推进工作领导小组
2023 年 10 月 22 日

前　言

我国是诗的国度，自第一部诗歌总集《诗经》以来，历经2500多年光阴，一代代诗人薪火相传，创作的诗歌作品浩如烟海，为我们留下了无数名篇佳作。这些诗歌作品不仅是我国文学宝库中的瑰宝，更是我们所有中国人的精神家园。

《诗意永阳》是一部具有鲜明地域特色的诗歌选本，选录了从唐朝至今各历史时期的代表性诗作，作者既有来安人，也有在来安工作、生活或游历过的外地人士。

《诗意永阳》由"永阳新诗""永阳古韵""古韵今吟""诗意漫谈"四部分组成。第一部分以新诗为主，兼及散文诗、译诗和歌词；第二、三部分以古诗词为主，兼及曲赋；第四部分是与诗歌文赋有关的评论文章。

在"永阳新诗"中，我们感受到现代作者或倾语乡情："先看到故乡的玉米/一垄垄，伸展，挨触，亲密/再写到稻穗儿，仿佛商量好了，一起低下眉眼/垂着头/河水清澈/花生和山芋熟了/棉桃绽开白花花的心絮"（苏若兮）；或寄语亲情："麦子很黄，父亲很黑/麦子穿越时空的隧道/与父亲的光脚对视"（戚佳佳）；或私语爱情："噢，爱情——/仿佛不能说是你的过错/两瓣玫瑰的字香使我眩晕/你把媚骨暴露在每天，形同风景/春天打劫花蕊，你窃取心跳/你啊，你使那少女显得慌乱/羞怯的笑靥里荡起柔波"（王强）；或移情游历："我从来安的南边/来到来安的北面，又追着月亮/回到出发地——/东西是阳光和月亮的/白天和夜晚是万物和众生的/东西南北之间就是/来者即安的来安"（沈天鸿）……

在"永阳古韵"和"古韵今吟"中，我们赏读到古今作者或感悟岁月："我爱来安县，浑然太古余"（明·王梅），"来邑始秦亡楚后，史长古迹至今留"（王子俊）；或吟咏日常："槐角菱芽满眼前，绿畴行尽见人烟"（清·胡敬），"门前菜园竹篱笆，谷物蔬菜夹豆瓜"（方家新）；或关注民生："从此来安沾化雨，免闻妇子叹仳离"（清·周濂），"杏子黄时农事忙，抽薹方罢又插秧"（佘贻梅）；或纵情山水："危石连云起，浓烟入涧幽"（明·张维恕），"青蛾化蝶醉芳菲，似镜平湖映翠微"（王正奎）；或送别赠答："上宰领淮右，下国属星驰"（唐·韦应物），"折枝写心语，遥寄少年郎"（严希）；或探幽寻禅："暂于琴署谢尘缘，投体空林一问禅"（明·尹梦璧），"东西双寺在何处，碧水两边残瓦中"（崔通宝）……

在"诗意漫谈"中，作者或围绕诗歌的地域性写作带来的影响和启示进行探讨；或对某个诗人在特定时期和地域的诗歌创作进行钩沉；或就某个特定诗人整体诗歌创作中的某类艺术风格进行阐释；或涉及某个修辞手法在不同语境中的运用进行剖析……

王国维在《人间词话》中有"一切景语皆情语"之说。纵观整部诗集，形式丰富，题材多样，咏怀、托物、理趣、婉讽……无不缘于一个"情"字。其中，尤以抒写本地物事居多。

在我们看来，任何所言及的当下，终将成为过去，真正能够"结之于不散"的，正如英国著名诗人T·S·艾略特在其代表作《四首四重奏》中所写："由于这种爱和召唤声的吸引/我们不会停止探索/而我们所有探索的终点/都将是回到最初启程的地方/并且是生平第一次认识这地方/穿过未知的，记忆中的大门/留待发现的世界最后的那块地方/就是我们曾经启程的地点"。

每件作品都会留下时间的印迹，都是历史的片段。透过作者的视角，曾经或正发生在这块土地上的人文、风物、宗教等诸多方面的情境，让我们有机会得以联结、思索，甚或洞悉。但因编辑水平所限，《诗意永阳》收录的作者或作品难免有所遗漏，也可能存在着这样或那样的问题，在此，恳切希望读者提出宝贵意见。

我们更加期待，地域内的作者在走笔家乡的同时，能够走出去开阔视野，放飞遐思，把更好的诗意带进来；地域外的作者能够更多地走进来安，为我们的家乡增添诗情。

编者

2023 年 4 月

目　录

永阳新诗　　　　　　　　　001
金启华　　　　　　　　　　　002
沈天鸿　　　　　　　　　　　009
张建春　　　　　　　　　　　014
苏若兮　　　　　　　　　　　016
李　平　　　　　　　　　　　020
王　珏　　　　　　　　　　　022
王毓才　　　　　　　　　　　026
陈树良　　　　　　　　　　　028
严　希　　　　　　　　　　　031
董米柯　　　　　　　　　　　034
戚佳佳　　　　　　　　　　　036
吴家凡　　　　　　　　　　　039
王　强　　　　　　　　　　　041
王道琼　　　　　　　　　　　044
陶长芳　　　　　　　　　　　047
孙晓刚　　　　　　　　　　　048
章正霞　　　　　　　　　　　050
贺庆江　　　　　　　　　　　052
刘志奎　　　　　　　　　　　053

吕万生	054
彭　明	055
王德明	057
王正如	059
魏来安	060
张行方	061
张小丽	062
周学平	063
朱文丽	066

永阳古韵　　069

司空曙	070
韦应物	070
卢　纶	071
黄　福	071
张　楠	072
胡　松	073
王　梅	073
顾　问	074
王可立	075
严九苞	076
尹梦璧	076
夏大儒	078
严治玚	078
黄炜桢	079
张维恕	080

裴　骞	081
周一夏	082
周　球	082
周　蔚	083
周　濂	083
徐　衮	084
张映台	084
朱　黻	085
金映月	087
武翔彤	088
严　涛	089
周克龙	089
冯汝为	090
武　经	091
武　绪	092
伍斯璸	093
项世荣	099
梁承祐	104
阮兆麟	105
张一俊	105
武　彩	106
骆　昷	106
朱　恬	107
贺　芳	108
韩梦周	108
张　璃	109

武毓璿	111
周道贵	112
周道广	113
张朝宁	114
周家相	114
武家彦	115
贺　萱	115
严　寅	116
朱滋年	116
武孝钦	118
赵瀛选	119
周基严	119
胡　敬	120
符　鸿	121
陶誉相	121
刘廷槐	122

古韵今吟　　　　　125

白运河	126
卞金邦	126
蔡佩先	129
陈大为	130
崔通宝	133
戴朝儒	137
方家新	138
冯玉坤	140

高　峰	142
高　俊	143
高崇良	145
高秀堂	148
高增权	149
高志超	150
顾厚信	151
何席章	151
何永彭	153
黄学海	154
姜泽恒	157
金少铭	158
阚新兰	160
黎　田	164
李　乔	165
李德新	166
李正德	170
梁世东	171
凌玉昆	173
刘汉文	174
刘树松	175
吕家义	176
马　广	177
阮天富	178
阮有祯	179
佘贻梅	181

沈增琴	183
孙　华	184
孙金和	188
孙荣祖	190
汪庭靖	192
王　珏	194
王家槐	195
王毓才	197
王正奎	198
王正如	203
王子俊	204
魏来安	209
吴笑云	210
徐速之	211
严　希	213
杨　勇	215
杨　康	217
杨定秀	219
杨明玉	221
杨永凯	222
叶培鑫	223
叶永寿	225
余世明	229
湛维忠	230
张恺帆	231
张文焕	232

周传江 234
周庶昌 235
周元桂 238

诗意漫谈 243
也谈"泉香而酒洌"/黄学海 244
诗人在场与地域性写作/王　强 248
诗化的哲理　哲理的诗/严　希 250
浅析伍斯瑸《来安十景》等诗的思想性及其艺术风格/叶永寿 259

《来安文化丛书》编撰后记 266

永阳新诗

金启华 (1919—2011)，来安县人。1947年毕业于国立中央大学文学研究院，是国立中央大学第一位文学硕士。西南联大研究院肄业。历任国立中央大学、国立戏剧专科学校、山东师范大学、南京师范大学教授，全国高等教育自学考试委员会中文专业委员。中国唐代文学学会、中国杜甫研究会、江苏诗词学会顾问，江苏省文联委员，全球汉诗总会名誉理事等。著有《国风今译》《诗经全译》《杜甫诗论丛》《诗词论丛》《中国古典文学论丛》《新编中国文学简史》《中国词史论纲》《匡庐诗》等。主编并撰稿《中国文学史》（14 院校教材）、《中国古代文学作品选》（二部，一部为 13 校教材，一部为全国自考教材）、《诗经鉴赏辞典》《全宋词典故考释辞典》《唐宋词集序跋汇编》等。合著《杜甫诗选析》《杜甫评传》《杜甫诗史》《古代山水诗一百首》《周密及其词研究》《魏晋南北朝诗精华二百首》等。其新诗、散文、小说有《五月之光》《碑》《启华诗专载》《征鸿》《民族革命大学生活日记》《迁徙》《大 S 形的旅程》《一个沦陷区少女的日记》等。译有英国拜伦、哈代，美国锐翁、季满尔等人诗作。曾获全国高等教育自学考试委员会重大贡献荣誉奖。以下作品均选自《启华创作集》。

五月之光

擎举着火把向冥暗照耀，
血肉搏斗着钢铁发出怒啸。
锁枷，鞭子，镣铐，囚牢，
凭着自己的力量把他毁掉。
看！谁究竟是自然的主宰，
"苦劳"不换那无耻的"淫笑"。
划时代的日子已经来到，
最大多数人都在嚷索着面包。

东方展露出黎明了！
黄河在凄楚呜咽，
二十世纪都市里，
人在仿效着兽行，
穿过了恶魔的掌心，
忍辱迎来了新晴，
血钟安置在巍峨的城楼，
时时振惕着国魂警醒。

古老的城池发光，
挣扎着按住创伤。
谁在摆布着魔障？
我们的主权一毫不能他让。
这日子像欧洲的"学术复兴"，
也是像一座明净的朗镜。
爱护着遗产，珍贵着精英，
残余的渣垢，还是应当扫清。

惊破了白日空虚的梦，
是浪潮，亦是群众的怒号，
灵魂解放了，
躯壳上再也不忍受勒绞，
我们的吼声叫狼心者怔慑，
我们的拳头堵塞了它的饕餮。
还像是锻炼得不够强壮，
这耻痕刻划在每个人的心上。

血流到最后的一滴,
结束了五月的生命,
任凭你旗舰来掀起黄浦的巨浪,
洗不掉我们的血痕殷殷。

起来了！我们不再只喊那嘹亮的口号,
在东海滨,在卢沟桥,
发动了抵抗侵略的枪炮,
现在,继续地苦斗,
直到祖国的山河,
恢复了原来的面貌。
是五月,带有历史性奋斗的火把,
擎举着,在民族胜利的道上高照。

憧　憬

野雾飘进了碧纱来侵袭我的幽梦,
松林海藻般地在雾氛浮沉,
乳白的四遭一片的茫茫,
松惺着望不见我刚离开的梦乡。
我渐渐地苏醒过来了,
梦魂变成了神话里的青鸟,
是她在朝阳下等待我吗?
一拂温暖的光在向我射照。

凉箪上躺着她迎风呈艳,
薄罗膜的罗纱飘动她的散发。

她该是随着广寒仙子去了吧！
我望着她亦望着菡萏，
红厴较道旁的榴花轻淡，
她驰骋着英俊的战马，
动静我都能听到她心弦的声音，
热海里，风沙里，在锻炼爱情。

晚霞留恋着一抹斜阳，
碧天飞翔着北归的群雁。
我伫立在嘉陵江边，
告诉她吧！我在羡慕你们的羽翼。
不是学寒蝉在孤鸣树梢，
蜕变后仍旧是原先面貌。
沙坪，寂寞的使我感伤吗？
枫叶像爱火般的在心头燃烧。

梦魂一夜是静悄行走万里，
歌乐山峰的积雪在隐约显现。
看见这洁白亮晶的雪花，
我展开和她围炉，踏雪，探梅……
一切的回忆。
爱的气圈内是没有冬天，
不冷的冬天亦叫我寒颤。
故乡该又被雪洗过一次吧，
洁白的境地里，我们建筑爱之宫殿。

当我俩分别的时候
[英] 乔治·戈登·拜伦 | 金启华译

当我俩分别时候,
默默地含着眼泪,
破碎的心啊!
割裂了多少时了!
你灰白色的双颊啊!
那冰冷的接吻,
时光在预言着,
这是悲伤的啊!

清晨的露珠,
浸透着我的眉梢。
它象征着你的情感,
像我现在所感觉着一样,
你的誓言是不再证实了!
你的名誉是轻浮的,
我听到你的名字被人提及时,
我分受着耻辱啊!

他们在我的面前提到了你,
我像听到了丧钟一样,
我战栗着,
你为什么是如此亲爱的啊!
他们是不明了你啊!
谁能深刻地了解你啊!
我是在永久的悔恨啊!

骄傲的歌手

[英] 托马斯·哈代 | 金启华译

画眉歌唱着把太阳送走了！
碛溺成对成双的飞鸣，
夜莺在密林里高唱着夜曲，
他们呼唤了四月的来临，
春天好像是全属它们的。

有那种四时崭新的鸟，
一年两年的长鸣不老。
没有碛溺了！
没有夜莺了！
没有画眉了！
只有这微小的歌手，
伴着风雨，伴着碧空，伴着宇宙。

夜　月

夜沉沉的，如果没有星星和月亮，这世界将要是一团黑了！

夜沉沉的，我最爱在夜静沉思，这像是很自然的，我就是在静夜不想想什么，结果什么也都想会出来，假若我在想什么，我便不希望什么来打扰我。

如果是在深夜，我或者因为白天里午睡过多，或者是因为吃点酒，或者因为抽支烟，再或者因为太高兴，像竞选成功了一样，辗转反侧地睡不着时，这时候那缺了边的月，从玻璃窗外射进床头，我自然也会吟起了古人诗句："床前明月光，疑是地上霜。举头望明月，低头思故乡。"我只知道吟了再说，至于是不是也和作者一样的心情，我倒想不了那么多，亦倒像孩子们唱歌，唱了就是快乐，至于懂不懂，那又是一回事。

不过我的所谓吟诗，也倒不是高声唱了出来，不像杜甫的所谓"听诗静夜分"，这时代你如果真摇头晃脑地吟起来，人家不说吵邻聒舍，或者神经不正常，那才怪了呢？所以我说吟诗，实际上是暗诵，夜月光冷，就是热闹场里的一副清凉剂啊！

就月光言，我爱那初三四的眉月，浅浅的，淡淡的，像十三四岁的少女，旁边的繁星像游伴，也像人生的初恋，记得吧，我又想起"月上柳梢头，人约黄昏后"。我该更深地记起，一次，嘉陵江的夜晚，是初夏了，和莲漫步在槐荫的道上，文化区叫这段路是鸳鸯路啊！莲，修长的身材，轻盈的步伐，那天她穿着一件淡红色细罗的长衫，我们走在这段路上，我想靠近她，我又不敢靠近她，在她的眉宇间显露出凛然不可侵犯的模样，我又不愿意在这美的境界里稍微抚拂一下这上帝的艺术品，月沐浴着她，她更圣洁了，美，我欣赏着。

初月象征着初恋，在渐渐中生长着圆满，是夜的少年时代啊！

月，总是有圆满时候的，像太阳有正午一样，我爱圆满，也爱丰富，不过在月亮得意的时候，星星可少了。

月，是知足的，盈虚消长，一任自然，她总是那样静悄，那样恬静，那样安详，所谓江山如故，万古常新，这又是永恒的境界！

下弦的月，像美人有迟暮之感了，在华灯耀目的时候，她是不会来的，来也那么迟迟，可是当筵罢舞散的时候，你走出欢场，抬头望见她，她并不怨气，光却是更冷了，给你一些清醒，照着你的路，这时，你该更感谢她了，她象征着你的贤妻。

夜沉沉的，如果没有月和星星，你想这是什么世界，在红尘里的清凉世界，这宇宙的水晶花。

1947 年 5 月 15 日离开莲日

沈天鸿 安徽省望江县人。中国作协会员、高级编辑，安徽省散文随笔学会名誉会长，安徽省作协第四、五届副主席。出版诗集《沈天鸿抒情诗选》《另一种阳光》，散文集《梦的叫喊》《访问自己》，文学理论集《现代诗学》等。主编《当代精品美文丛书》20卷。作品入选《新中国六十年文学大系》《中国当代诗歌经典》《中国当代青年散文家"八人集"》《中国新时期文学研究资料汇编·诗歌卷》《中国现代名诗三百首》《中国诗选》。

来安：天空与大地（组诗）
池杉湖·池杉

这水中的森林，这冬天，池杉林
以它凝固的火
扑打着我
仿佛我心中有未点燃的灯
有与它呼应的另一些水，另一种树木
另一种生与死
欢乐以及痛哭

这令我不能相信，春天，夏天
它们也是绿色的

还有秋天，秋天深沉地
降临又肃穆地离去
仿佛已经传达了岁月的真理
一切都已如池杉树身颜色那样
变得更接近黑色
但仍在水里在逐渐凛冽的空气中呼吸

并且沉默
这火的森林没有惊动鸬鹚、野鸭
甚至白天鹅黑天鹅都在这些
站立的火中游弋
它们能看见水底池杉的根部：
远比树身粗大，变形、皴裂
那儿的泥土与水一样寒冷
然而暖意也在那里上升，盘旋

天空和大地都向池杉湖围拢而来
包围着池杉和我

千年银杏

黑暗降临时我们到达这里
落尽叶片的枝干，比夜空更黑
更遒劲，也更萧疏
千年的风声仍在如闪电劈你
而我们听到的
是风声在呜咽
是你深沉的沉默在奔泻

置身山顶，一出生就成了
风霜雨雪的目标
——这就是命运？
一千多年了，无人见过你仰天大笑
也无人听见过你对雪痛哭

永恒的孤单,只能屹立
纷纷消失的岁月已不能记起
山坡的丛林中有白色移动
那是仍在觅食的羊群
它们吃下草,也吃下黑暗
——这场景在历史中多次出现
你已熟视无睹
这人间,已给你过多的悲欣交加
安慰你的,唯有星星点点的灯火

你已经倾听了千余年的
日月、星群和人间的言辞
一再经历并认识到四周空间中唯有虚无
但你仍然坚定地扎根于此:
根的周围都是真实的泥土
从永远黑暗的泥土汲取活着的勇气
你明白,活着就是吞下黑暗,长出绿叶

黑天鹅

在接近结冰的天气
才能看到黑天鹅

优美的,梦幻的,选择了黑色
不知来处的黑天鹅

湖水不动,如冰

黑天鹅不动,池杉红色的火焰不动

风吹在观看者的心里
滴水成冰烫伤目光的风

保持这瞬间的寂静
就足以保存一生,不再变幻

这就是黑天鹅的含义?
痉挛的世界不再痉挛

来　安

11月底的一天,带着来安的朝阳
我从来安的南边
来到来安的北面,又追着月亮
回到出发地——
东西是阳光和月亮的
白天和夜晚是万物和众生的
东西南北之间就是
来者即安的来安

古老的县城和半塔,年轻的工业城、村庄
它们之间是辽阔的晚稻田——
稻茬萌发的懵懂新绿,与油菜一起
要我和冬天倾听
生机无畏的含义

明白：生命还是生命的时候
别无选择

从历代灰尘里蒸蒸日上的来安
在历代月色里反复涅槃的来安
我在睡梦中触摸到了
你的星星——
它永恒地就在那儿
东西南北簇拥着它
它白天也在照耀，它看到
来安的树都在来安的大地上走动
大地上面就是辽阔的天空

（原载《醉翁亭文学》2021年第1期）

张建春　安徽省肥西县人。中国作家协会会员、中国诗歌学会会员。现任肥西县委宣传部常务副部长。作品散见于《人民文学》《诗刊》《人民日报》《解放日报》《草原》《清明》《安徽文学》《长江文艺》《北方文学》《文学港》《厦门文学》《散文选刊》《诗歌月刊》《散文诗》《散文诗世界》《短篇小说》《青春》《海外文摘》《作家天地》《海燕》《鹿鸣》《诗林》等报纸杂志，出版有《心旅》《一朵故乡的野花》《边缘行走》《未修剪的村庄》《咏而归》等诗歌、散文集。曾获安徽文学奖。

来安采风组诗
池　杉

立于湖中，冠为岛
空中的领土
生长叶和翅膀

落下黑天鹅、白天鹅
求爱的浮掌，一百种水禽
一百种亲昵的动作

初冬的阳光迟缓，迟缓地
画像，栈道线条
点缀的睡莲花开，以紫色
平常的心作证，池杉
这晚到的水草，在来安
抽拔最好的穗子

古银杏

这大地的悲悯

被一炷炷香托起

一千七百余年

风转了许多道弯

水也改道，石头累了

悄悄从缝隙间发出叹息

银杏不管这些，根扎稳

身子就立正了

雷暴是它的掌声，悲悯

可从一群羊的拣拾中发现

肚子饿了，扇状的黄叶

正好暖胃

古银杏挽寒风千缕

作不变的姿态，坚忍，谦和

去寻找一个人

那是初恋，曾挽过的手

老了。我去找她

我记住的村庄叫黄郢

她住的村头，有树，有水

有一抹田地兴种水稻

有一条路好难走

村庄老了，但又年轻

彩虹路若纱巾，轻系薄挽

我听到歌声

从一个个窗口飘出，熟悉悦耳

花正开，孩子们在球场

投下空心篮，三分球真准

我去找她

所有的门都可以轻轻推开

(原载《醉翁亭文学》2021年第1期)

苏若兮　本名邵连秀，女，1970年6月出生于来安县半塔镇邢港村。在《诗刊》《十月》《扬子江诗刊》《诗选刊》《诗潮》《星星诗刊》《诗歌月刊》《中国诗歌》《汉诗》《青年文学》《诗歌风赏》等多家文学刊物发表大量作品。出版诗集《缓解》《扬州慢》《未名和时间》，其中《缓解》于2017年获江苏省第六届紫金山文学奖。中国作家协会会员。现居江苏高邮。

秋天的表情

先看到故乡的玉米

一垄垄，伸展，挨触，亲密

再写到稻穗儿，仿佛商量好了，一起低下眉眼

垂着头

河水清澈

花生和山芋熟了

棉桃绽开白花花的心絮

田头牵牛的老人，剥了地瓜皮

咬上爽脆白嫩的地瓜肉

山和山顶，林子茂盛

有种尖利的绿

绿得微凉，团结，母性

风来，再来，一阵阵

对着所有，停止不了耳语……

我像一个多年的游子背着天空：

对不起

带着黑眼圈，我也要在这里

收割，热身

（原载《诗刊》下半月刊 2013 年第 3 期）

瀑布辞

当梦开始包庇，小体积的舞者

认识了光亮，黑暗除了迷幻

还有了明媚。我们就像水一样

淌着。抱到了雪花和疑云

可我们不能汹涌

我们要将内心开垦成大天空

里面住进分散的小天使

春光你咬一口就碎了

空气满含青翠就要滴下水滴

梦野像时光一样缥缈而不朽

我不知道，用一生占有你够不够

继续往着开阔老去
看透我,约束我,将我圈围成
万顷的湖泊

(原载《诗刊》下半月刊 2014 年第 8 期)

流水辞

落日始终是倾斜的
它引领着凡·高,向日葵
渐趋崭新
我们出自一片荒凉
肉体受风光沐浴,颜色一天天变深

只管向着前去
一旦留恋,哪还有移动的影子
他们觉得是释放
我们觉得是阻隔
只有诗篇可以从虚妄间隙拦腰捞起我们
仿佛液状的时间焚烧后的炭灰物

作为延续,一开始就注定我们身世的孤独
不能带走什么,可以带走空荡
就像一生有爱,不能停止
如同乘坐一列不能回头的向导车
无碍无拘,让自己放松而柔软

(原载《诗刊》下半月刊 2014 年第 8 期)

散章：音乐

爱上一个冥想的人。叹息着，将时光打发。又不舍，再拥抱入怀。

像个低调闯入禁地的孩子。断肠，善良，伤心。

孤僻，顽劣，百感丛生的样子。

蓝天是轻盈的蓝，大海往梦里重叠着忧郁。

在灰烬的背后，火和草笑着。

我做着蹩脚的编剧，拿着温度计，测量不到烟火的体温。

惊艳的面容呵，出着汗，在可怜的光明里打滚。

亲爱的人入睡了。我跟踪着黑不到底的道路。动物温柔。人类凶猛。我的理想主义者朝着现实和弊病扣动扳机。

像与一首诗歌的相遇，像一场大范围的挣扎，像目光所及的漂亮迷途。

深深地投入，在故乡阳光睡眠幻境中穿梭。和传说秋意冬雪春景缠绵不止。

这里，只有遐想，没有生活。

在一种灿烂的忧伤里起伏的，是怀着梦想的植物，是长着木耳的山崖。是残在枝头的清香。

是匆忙的身体火拼。是时代烟雾的洪流。怅惘里沦落的风尘。

什么时候。你将我的故事重演一回？分外的空白包围着我。我同时遭遇了寒冷与炎热的质疑。

我只是，想具体爱一个慢慢收回疯狂神伤的人。

我的字迹潮湿，经历潮湿，远方命运形成了无际的海域。

给我一个音符。我也是破碎的。给我浩荡的境，你体验我混作一团的完整。

退后到我的深渊。我用深渊的深渊等你。

（原载《中华文学选刊》2015年第3期）

李 平 笔名黎明，1956年6月出生于来安县新安镇安乐巷。插过队，当过兵，先后供职于来安县外贸局、组织部、文化局、文联、县委政研室、文明办、统计局等单位。安徽省作家协会、滁州市作家协会会员。1975年在上海《朝霞》发表处女作，迄今已在《人民文学·副刊》《延河》《飞天》《清明》《安徽文学》《文学青年》《艺术界》《作家天地》《野草》等几十家报刊发表各类文学作品30余万字。中篇小说《响马盗》曾在《滁州报》连载，中篇小说《男殇》获全国乡土文学大奖赛二等奖，短篇小说《看秋》发表于《人民文学·副刊》。

冬天里的河

冬天里的河，是母亲的河。

我走在这贫瘠的河堤小路上，就像趴在父亲如弓的腰背，聆听母亲喃喃细语，唱那朝霞和星光交织的四季歌。我属于冬天里的河，这里不仅有我童年的梦幻，成长的足迹，起跑的艰辛，还有那闪烁着光和热的抹不去的记忆……

我爱冬天里的河，因为她是母亲的河，我在她波浪式的躯体上徜徉，在她丰满的乳房上吮吸，有甘甜、辛酸、血泪、温馨，还有许多伴随着母亲的五彩梦。我从不因冬天的河是冰冷的河、凝固的河，而讨厌它，或由此改变自己的初衷。没有冬天里的河，就没有我！

冬天里的河，不见涟漪，不闻涛声，一切都那样的平平静静。但你可曾知道，她的心底也如同你一样，早就揣着一把燃烧的火，并没有停止流动。眼下，冬天里的河正处在妊娠期，正将一个更为漂亮的婴儿孕育。她那已不算太年轻的子宫还承受着如此沉重的负荷，你说该有多么的伟大和悲壮啊！

爱吧，让我们共同热爱冬天里的河！

冬天里的河,是母亲的河……

(原载《安徽日报》1988 年 12 月 28 日)

红贝壳

茫茫的海滩上,有一只红贝壳。它像大海的一只充血的眼,在海风的梳理下,时睁时闭,在海浪的冲击下,一会儿眺望东,一会儿眺望西。无尽的眷恋,无情的冷落!

一群赶海的少年,在它的身边徜徉。其中,一个穿蓝制服学生装的女孩,轻轻捡起了它,并把它紧紧捧在手心。红贝壳,悄悄地微笑了。是那样的甜美,那样的动人,那样的脉脉含情——一朵玫瑰花似的!

从此,红贝壳找到了一个属于自己的家。女孩把它置放在床头桌上,有一张温馨的小床,有一盏明亮的台灯,有一个朝起夕寝、相依为伴的朋友——这就是女孩。

可有一天,红贝壳流泪了。女孩要去上大学。它想,女孩会带上自己吗?它开始想大海、沙滩;那腥咸腥咸的风,一下、一下拍击的浪……

红贝壳开始有些后悔了!

(原载《贵州汞矿报》1991 年 6 月 10 日)

春雨沙沙

春雨沙沙,春雨沙沙……

不安分的它,舔湿了正月新贴的窗花。不停地嬉闹,不停地喧哗,仿佛就像一支迎亲的唢呐!哎呀,哎呀,又来催促美丽的姑娘出嫁!

春雨沙沙,春雨沙沙……

不安分的它,唤醒了屋檐下冬眠的犁和耙。一阵亢奋呼叫,一地绿草婆娑,犹如一支支催耕的喇叭!走吧,走吧,挽着你的牛和铧,一同走进明天的神话!

春雨沙沙,春雨沙沙……

(原载《少年文学报》1992年1月7日)

王 珏(1945—2015)字传饶,笔名王桴之,滁州市南谯区乌衣镇人。小学开始在来安县读书,1959年随父母下放到来安县三城镇冯巷村,务农期间苦读诗书,笔耕不止;1978年招工回城,先后在来安县属企业、文化馆和修志办工作;1986年调到滁州,先后在企业、滁州市委老干部局和地方志办公室工作。参与了《来安县志》《滁州市志》的编写,先后在《诗刊》《安徽日报》等报刊发表诗歌、散文和小说等作品数十篇。

一双颤抖的手

在县委会的门口,
有一双颤抖的手,
把一张鲜红的感谢信,
贴上了雪白的墙头:

"我一家连身八口,
是村里有名的'穷不够',
贫穷和疾病缠着我的身,
超支和欠款压得我抬不起头。

乡亲们称我是'浮萍户'
年复一年,衣不存身,食不存口,
春天伸手要回销粮,
秋后像大雁又飞走。

县委会，我也曾伸出颤抖的手，
生命线上，向党和政府呼救。
哎！我也是人，我也有两只手，
为什么落得个外号'穷不够'。

感谢党实行了责任制，
如今的日子才有了奔头，
拳头攥得咯巴巴响，
从此，我走路抬起了头。

我承包了土地十六亩半，
拉回了一条大牯牛，
公社又扶助我化肥款，
嫩乎乎的庄稼绿油油。

穿不再愁，吃不再愁，
'一万斤'粮食还要出头，
把多余的粮食卖给国家，
为四化建设再加把劲头！"

就是这一双颤抖的手啊！
已把幸福牵到了家门口。
这岂止是一封感谢信，
是给四化快车加了油。

（原载《诗刊》1981 年第 11 期）

赶露水集

一夜春雨,
洗亮了水乡,葱葱绿绿。
冒尖的日子哩,嫩嫩的希冀,
被南风镶上晶亮的珠玉。

水乡姑娘,最惜这春光,
一大早,踩着露珠赶集。
头上,带露开着一朵栀子花,
脸上,雾中遮着两朵红月季。

田里正忙哩,又要插秧,又要沤地。
嘱女儿沽好酒办桌筵席,
再捎去一篮子鸡蛋,
换一窝大芦花良种雏鸡。
走出了村口,娘还在招呼:
"买十张电影票招待插秧的……"

甜甜的日子哩,冒着蒸气。
赶集,村姑最快乐的时辰,
一腔恋歌化作珠玉,纷纷落地。
其实小伙子早候在古镇的桥头,
面对灼灼的露珠欣喜焦急。

湿润的泥土气息,
带进了百货大楼,

水灵灵的甜蜜生活,
逛悠在街头巷尾。
啊,只要这露珠照见初阳,
乡村的原野就充满着生机……

(原载《大学语文》1984 年第 5 期)

腊月八

灶膛里火,红火火,
大娘的脸,笑呵呵。
庄稼人最喜腊月八,
风箱儿扯得呼噜噜!

烟一屋,雾一屋,
儿子劈柴,娘忙烧锅。
女儿梳头直嚷嚷:
"腊月八,妈,俺要吃腊八粥"。
娘拍着围裙笑:"贱妮子,
那年月稀粥你没喝够,
蒸笼里现成肉包子,
糖油裹心,心甜透。"

嘴里骂,脚步挪,
雪白的糯米装进淘米箩。
红黄绿豆抓几把,
红的红,绿的绿。
粮囤儿冒尖比女儿高过头。

妮子嚷嚷："花生，桂花够不着！"
哥哥打趣说："快去哟，
找东头木匠阿弟接一节。"
姑娘羞得脸儿红，
窗花映得红似火，
拳头落在哥身上，
话一屋！笑一屋！

（原载《滁州日报》2008 年 11 月 12 日）

王毓才　1944 年 3 月出生于来安县水口镇拥巷村，安徽大学中文系毕业，来安一中高级教师，安徽省作家协会会员。文学作品散见于《中国青年报》《江南》《清明》《安徽文学》等多种报刊。

春，你是怎样来的？

不知不觉之间，
到处落满你
色彩斑斓的足迹。
你是怎样来的，
既来见你行色匆匆的身影，
又来闻你铮铮足音，言语声息？
是被黄鹂衔来，
还是在喧腾的溪流中迸溢？

你露出璀璨的笑：
"诚然。
但不要忘记，

我是在太阳光里孕育。
她用那火样的热情
温着那冰冷的九九八十一。
她用那缕缕金线缚住寒风,
穿融冰雪,把我灿烂的编织。"

啊!何尝未见你的身影,
何尝未闻你的声息,
我们是和你一道走来,
又一道去酿造生活的甜蜜。

(原载《安徽文学》1983年第3期)

写给落叶的冬树

叶儿、鸟儿都离开了你,
你显得孤独了;
风刀霜剑宰割你,
你似乎只剩下呻吟了;
灰暗的疮痍裹缠着你,
你好像死去了。
不!
你植根于广袤的大地,
深深扎下的根吮着地温;
苍劲的枝干在天幕上纵横,
撕扯着朔风,豪迈地大笑,
又记上一圈光辉的年轮;
信仰的火在土层下运行,

青碧的血在不息地奔腾。
啊！在你那累累的瘢痕上，
就要爆出绿的新生。

（原载《清明》1984 年第 1 期）

陈树良 1942 年 3 月出生于来安县新安镇双塘村。本科学历，高级经济师。曾任安徽省人民政府副秘书长兼省直机关事务管理局局长、党组书记，省人民政府咨询委员会副主任。中国书法家协会会员、中国老年书画研究会常务理事、安徽省江淮诗书画院名誉院长、安徽省作家协会会员，安徽大学兼职教授。出版诗集《我们从这里走出》《我们这一代》《西出阳关有故人》，散文集《香椿发芽的时候》。诗集《我们这一代》获安徽省第九届精神文明建设"五个一工程"奖。

黄山行吟之贞烈砖坊

歙县县城新南街的贞烈砖坊，建于清光绪三十一年（1905 年），额枋上写道："徽州府属孝贞烈节六万五千零七十八名。"

几千年伦理道德的血脉
何处是源头
六万五千节女
铸造了一个朝代春秋
死了多少渴望
绝了多少追求
堆砌成
一座冷冰冰的雕塑
一种象征

一种昭示
一种夙愿
天地悠悠，岁月悠悠

苦和涩酿造甘甜
青和绿打点成熟
谁能想象
五千年前，五千年后
物换星移
沧海桑田
一点一滴积累着
成功与失败
希望与破灭

贞烈坊前多少人哭泣
多少人乞求
心和血熬成的片刻宁静
在一个早上、一个晚上
抛向深山
抛向大海
抛向那无边无际的田畴

泪水和笑容的交错
忧愁和喜悦的混合
留下了很长很长一段空白
让后人填写

(选自《我们这一代》，安徽文艺出版社 2002年版)

兵马俑

始皇帝
始料不及
两千年后
多少人审视,多少人评品,多少人鉴别
梦已久远
眼前
列队的,赶车的,持械的
都重新换了角色
肢体的剥落
当年的雄姿
如风、如雨、如云、如烟
已销声匿迹
细微深处
让后人感悟到
另一个世界

塑造历史的那些工匠
不知在何处
你看那些兵马俑
一个眼神
一丝皱纹
一缕鬓毛
一副缰绳
都是他们内心的写照
如实的道白

妻离子散
喜怒哀乐
寄托、牵挂
后悔、遗憾
让后人慢慢汲取
细细解说

（选自《西出阳关有故人》，安徽教育出版社 2013年版）

严　希　笔名卜白，1957年1月出生于来安县新安镇。安徽省作家协会会员，安徽省音乐家协会会员，安徽省朗诵艺术学会专业委员会委员。曾任安徽省地方志编委会办公室副巡视员、安徽省诗词协会副会长等职，现任安徽省文史研究馆特约研究员、《安徽文化年鉴》常务副主编。

童　年

我的童年是一面圆圆的池塘
光溜溜的身子在水中自由翱翔
一张巨大的银唱片波纹荡漾

我的童年是虫吟蛙鸣的夏夜
月亮被外婆蒲扇摇得时弯时圆
牛郎织女的故事轻轻响在耳边

我的童年是一片茂密的苇丛
跟着哥哥钓虾静静地不敢出声
每次起网时一颗心悬到了喉咙

我的童年是秋后金黄的草垛
爬上垛顶小伙伴没法捉到我
眼前的晚霞好像灶膛里燃烧的火

我的童年是房梁上一窝春燕
它们欢快地进进出出羽翅翩翩
每当它们南飞时我都清泪涟涟

我的童年是午收后一块麦茬田
我把散落的麦穗拾起紧抱在胸前
大人们说一颗麦粒就是一滴热汗

我的童年是一把木制驳壳枪
枪柄上系着火红的理想和希望
心中的偶像是董存瑞和黄继光

我的童年是一只纸折的小船
载着天真载着烂漫渐去渐远
惟有湿漉漉的河埂上脚印依然

（原载《安徽日报》2004 年 6 月 11 日）

想念妈妈

听了一天的《儿行千里》
想了一天的妈妈
感谢会唱歌的刘和刚
让我看见了再也看不见的妈妈

妈妈常常坐在话筒前说话
那时我像小树苗一般大
我不知道妈妈的话能传十里百里
但我很乖,妈妈说话时我静静望着她

妈妈的胃又痛了,痛得说不出一句话
可她坐到话筒前,眉头就展开啦
我想,妈妈的话筒就像我的新玩具
我看到新玩具,跌破的膝盖就不痛啦

家门前的小树渐渐长大
我也长成"知青"离开了家
临行前妈妈送我一只小喇叭
听着妈妈的声音,我没有被苦和累压垮

妈妈早已长眠九泉之下
可妈妈的声音清晰依然,如朗月鲜花
虽然墙壁上不再挂有小喇叭
虽然耳朵里经常灌满喧嚣和嘈杂……

(原载《安徽工人日报》2019年10月12日)

董米柯 1956年8月出生于来安县新安镇，籍贯安徽省萧县。先后在《文学报》《微型小说选刊》《百花园》《安徽日报》《新民晚报》《新安晚报》《作家天地》《滁州日报》等省内外报纸杂志发表小说、散文、诗歌、报告文学百余篇。安徽省作家协会会员、安徽省散文家协会会员、中华硬笔书法家协会会员。出版小说集《一分钟的情与爱》。

风

你悄悄拂过森林
森林踩着你的节奏
把生命的音符
弹奏得更富有韵律

你轻轻抚摸大海
大海和着你的旋律
用洁白的浪花冲刷
昨夜落有浮尘的沙滩
于是
沙滩晶莹璀璨

你拼命吻着白帆
白帆竭尽全力
载起古老的木船
箭一般地射向
梦幻中的彼岸

在春天和夏夜

你从遥远的地方来

驱散腊月的寒冷

和八月的燥热沉闷

唤醒冬眠的生灵

扶持着尚未成熟的果实

这就是风的魅力

（原载《安徽日报》1988 年 8 月 17 日）

井架之歌

高高耸立在群山之中，欲刺破湛蓝色的苍穹。

黝黑的肌肤，钢骨架，却闪烁着金子般的光泽。

整个地球的表面，是在昼夜的交替中变幻着绚丽多姿的图案。那葱绿的平原，苍苍莽莽的山峦，墨绿的森林，美丽的村落，繁华的都市……

也许是远古演变的缘故，这里几乎是黑洞洞的空间。乌黑的岩壁，乌黑的断面；也许是缺氧所致，这里的空气似乎使人窒息。一年三百六十五日，谁能准确地判断出哪天初一，哪天十五？

只有它，光明和灼炽的使者，才能驾驶黑夜的精灵，顶端那盏明亮的灯，犹如一团燃烧着的火，送走夜的寂寥和恐惧，那飞速旋转着的轮机，驱散了冬天的阴霾。

孤独、苦闷并不属于它。因为它的身旁有苍劲的雪松及龙柏，为它点缀着阳刚之美，而且还有簇簇芬芳的鲜花，向它频频献出妩媚的笑颜。

（原载《安徽日报》1989 年 3 月 22 日）

戚佳佳 女，1972年2月出生于来安县三城镇沈圩村，现居蚌埠。安徽省作家协会会员。迄今已发表诗歌、散文、小说40余万字，作品散见于《诗刊》《意林》《清明》《鸭绿江》《安徽文学》《海外文摘》《散文百家》等几十种报刊，有散文被转载、收入年鉴和学生作文选，获得多个全国征文奖。

父亲与麦子

麦子的沟壑里
父亲的脚印一路呐喊着
伸向天边

麦子很黄，父亲很黑
麦子穿越时空的隧道
与父亲的光脚对视

一首夜曲出自夜莺的返璞
麦子的含情被隔绝在时空之外

陪着父亲一起出走的
村庄里的土屋
以及土屋外的村庄

（原载《西安晚报》2017年7月3日）

四壁徒然

墙是白色的，也是无色的

所有的意念都掉进了一个洞里

赤黄的叶子，葱茏蓊郁的白果树
一只报喜鸟，站在树上
它偷窥了另一种生物的挣扎
原本它是想哭的

一张口，千万条小溪，竞相奔腾
阳光，老人，孩童，以及落泪的鲜花

（原载《诗刊》2018年2月下半月刊）

空房子

窗帘是洞开的，忽明忽暗着
影子在飘

墙上挂着的《岁寒三友》
梅花开始绽开
台灯上铺展的粉尘，像无数条细密的沟壑
一层深着，一层浅着，一层淡着，一层浓着

交织的阳光冲破镍合金的防护溜进来
阳台上凉着的竹椅
竟又热了

（原载《诗刊》2019年5月下半月刊）

你坚定地站立,我们看得见

你终于可以躺一会了
你说在过去的八十个小时里
属于睡眠的只有八个小时

年初一
你刚刚送走出征武汉的爱人和同事
回头,你又毫不犹豫地在请愿书上签下了自己的名字

你们都是临床一线科室
无论是逆行驰援,还是留守
面对疫情,面对这场没有硝烟的战争
你们义无反顾,勇往直前

你打破了自己以往的常规
给家里囤油,米,菜
你想某一个时辰或许说来就来了
尽管你已做好了冲锋陷阵的准备

可你希望,家里除了白发苍苍的老人和牙牙学语的孩儿
还应该有充足的给养
以及满屋子的阳光

(原载《安徽文学》2020 年 3 期)

吴家凡　1968年11月出生于来安县水口镇。滁州电视台记者，《新滁周报》编辑。《格言》《爱人》《才智》《女友》等多家杂志专栏作家。著有《民国三才女》《曾国藩点评历史人物》《性格的优点与弱点》《与众生共命》等书，主编《中国文化未解之谜》《世界文化未解之谜》。作品被《读者》《格言》《当代文萃》《青年博览》《中华文摘》《才智》《女子文摘》《今日文摘》等报刊转载。

倾国倾城

邂逅那年

你满脸正大仙容

突然

这个狙击手

隐在暗处

猫着小蛮腰射出一波弹药

我有幸中了数枪

中枪的节奏一路鼓乐齐鸣

心也跟着凑趣

起了一身鸡皮疙瘩

脚底一个趔趄

歪歪倒倒跌进

你那两樽浅笑的黄金涡旋

据"明略行"后来权威评估

那一次中枪

是我此生中的一次大奖

那一条跟风起舞的马尾

是你多年的发小

一直佩饰在脑后

这一枚世上最打眼的后缀

随便一拉

一条斐波那契螺线

横撇竖捺几下

就出落太阳系里排名最靠前的恰好

鸽子蛋一样

被含羞和盘托出

年前那个向晚吧

瑞士表一旁偷问那只宋时新橙

何时竟失守于那柄冰刀的锋芒？

风情别过脸去

不搭理这赤裸裸的搭讪

兀顾扯了一下裙摆

转身一个轻飘

有人多年守卫森严的城楼

弹指间换防

解甲在启明星动身回家的瞬间

一颗守望到底

悬如钟摆

被爱拧紧的发条

每秒以小布谷鸟钟的频率

摆动两次

下半生留守的夜临

风一路找寻

你随手掷下的玲珑骰子

今夜若凭栏

或许可看见
我卖力翻上楼头
凭空一跃
子弹般射入尘埃
碎成
一地瓦釜
三生三世,为过往雷鸣

(原载《新滁周报》2018年9月6日)

王　强　笔名景之放,1969年5月出生于来安县长山林场,籍贯安徽省全椒县。现供职于来安县供电公司。中国电力作家协会会员、安徽省作家协会会员,来安县作家协会法人、秘书长。诗文散见于四十余种报刊,多次获各级文学类征文奖,诗歌作品入编《滁州文学60年·诗歌卷》等多种选本。出版诗集《阳光下着》。

噢,爱情

噢,爱情——
仿佛不能说是你的过错
两瓣玫瑰的字香使我眩晕
你把媚骨暴露在每天,形同风景
春天打劫花蕊,你窃取心跳
你啊,你使那少女显得慌乱
羞怯的笑靥里荡起柔波

让蜜蜂酿一罐蜜吧
让甜蜜追随比翼鸟高翔的方向

农历七月，银河两岸
我幻想目睹一条通往相恋的彩虹

一只只蝴蝶佯装浮起，又落下
仿佛谁不断吹响萨克斯的忧郁
噢，爱情——
仿佛不能说是你的过程
我还没有体验过爱
我只是你眼中一尘不染的天空
欲哭无泪

（原载《青年月刊》1996 年第 12 期）

下一条河流

群峰之上，厚重的积雪
仿佛传世的经书，峥嵘的智慧灵光闪现
时时牵动高原求贤若渴的目光
我想那里肯定有一座隐秘的寓所
古老的神祇从不曾离去
静静地守护一方圣洁
不时传出的世外梵音里
我们的祖先神态安详
隐身进我们的血液轻轻走动

真实里虚幻浮光
浮光里真实掠影
但是群峰之上，积雪太深了

耐寒的植被倾力向上

仿佛为了长生不老而求仙问道

奔突的羚羊

彪悍的牦牛

凶猛的鹰隼

多好啊，这些流动的微雕，生命的线条

让我因为雪峰而淡抹的心境

多了几分浓妆的色彩

止步于仰望又超越仰望

雪山胜衣，解开沉睡的河流

顺坡而下的梦境里——

河岸青葱咀嚼村庄

七只朱鹮慕名而来

远天远地，满世界的缪斯

——我们未来的孩子

下一条河流里，清澈的诗篇

整日浪打浪

(选自《滁州诗歌选》，安徽文艺出版社 2016年版)

戈壁的夜空

站在戈壁滩上仰望夜空

唯有寂寥最为真实

在那些过往的不为人知的夜晚

你无法探询时间都去了哪里

周遭的荒凉透彻心骨

悄无声息中让人陷入茫然

戈壁空空，寻不到归处

唯有失去安慰的星光

奔波在荒漠之上

站在戈壁滩上仰望夜空

目力托举的深邃神秘而晦涩

看不透人间的天外之客或许来过

置身其中的我，即便刻意的停留

也注定像一颗流星划过

（原载《脊梁》2018 年第 5 期）

王道琼 女，1972 年 2 月出生于安徽省滁县珠龙乡（今滁州市南谯区珠龙镇）西街，籍贯安徽省定远县。先后从事过妇联、宣传、统战、工商联、城市建设、药监、纪检、民族宗教、文化、粮食等工作，现任来安县文联主席。安徽省作家协会、安徽省摄影家协会会员，滁州市作家协会理事、来安县作家协会会长。文学作品散见于《安徽文学》《传奇·传记文学选刊》《工商导报》等报刊。2015 年、2020 年先后出版散文集《怀念是春天的草》《滁州民俗面面观》（《滁州文化丛书》之一）。

故乡的希望

我回来了，故乡

是否还是当年的穷乡僻壤

是否依然种着望天收的五谷杂粮

我回来了，父老乡亲

是否还是喝着一杯开水半碗白汤

是否依然穿着补丁缀着补丁的衣裳

是的，我永远不会忘记
过了莽莽苍苍的长山林场
就是那生我养我的村庄
村前有条小河
爷爷曾拄着拐杖在干涸的河边
仰天长叹度过他最后的时光
峰回路转
层层白浪起伏跌宕
银雪点点
飘在山腰谷底，洒在屋前房后
那屋那房
再也看不到茅草泥巴墙
这是我的故乡？！
黄郢桥下的河水淙淙流淌
井边的枯柳摇曳着稀疏的新芽
讲述着过去的忧伤
田埂上遇到从前的老村长
捋着胡子细说短长
"全亏共产党领导咱们科技兴农奔小康"

呵，白色
在故乡的春天
它是希望的颜色
它凝聚着一代又一代人的梦想
它引导着父老乡亲们
走向更加美好的明天

（原载《农民文摘》1996年第9期）

独自远行

聆听着你愉快的声音告别
目送着你稳健的步伐走出那扇门
门关上的那一刻
我的爱人
你的回眸在洁白的窗纱上成为永恒

当阳光下的喧哗与浮躁隐去的时候
爱人　我将独自远行
当折翅的夜莺郁郁地爬回的时候
爱人　我将拨动尘封已久的六弦琴
在忧伤的旋律中慢慢舞蹈

当城市流行风花雪月的时候
爱人　我已独自远行
当你带着南方的浪漫与温情回归的时候
爱人　我已站立在茫茫高原的落霞中
凝望那座写满历史沧桑与坚贞的长城

独自远行　我的爱人
不是你精心构筑的居室不够奢华
不是你多年种植的玫瑰不够芬芳
只是为了那片贫瘠的土地和古老的森林
只是为了那座荒芜的校园和少年的纯真

（原载《醉翁亭文学》2007年第4期）

陶长芳　女，1975年10月出生于来安县水口镇武集村。现任职于来安县直机关。

且听风吟

风从水面出发

和着起伏的光

抵达　沉静的眼眸

这个夜晚是一条湍急的河

灯光布下密集的漩涡

四野空寂

月见草在暗影中悄悄地绽放

小心啊

这花开的声音

让漫天漂浮的星光　激动地

晃个不停

风中　谁的影子走失了

剩下半个月亮

在天上残缺

伸出手　岁月虚空的

让人心生凉意

泗渡而归的诗人

开始　拆字为柴

点燃一行行

干枯的诗句

(原载《滁州日报》2021年3月10日)

孙晓刚　1969年6月出生于来安县施官镇彭岗村，乡村医生。在《词刊》《歌词月报》《江南音乐》等刊物发表歌词作品200余首，多次获歌词征集奖，并有数首歌词被谱曲。中国音乐文学学会会员、滁州市作家协会会员、滁州市音乐家协会会员。

栀子花儿开

墙角一丛白，院角一丛白，
香香的味儿人人都喜爱。
哥哥也来采，妹妹也来摘，
别在哪里心情都愉快。

风里它也开，雨里它也开，
美美的花儿老少都青睐。
奶奶也来摘，孙儿也来采，
放在哪里感觉都很拽。

栀子花儿开，
心儿乐开怀，
妹妹辫子她一甩，
笑声追着歌声来。

栀子花儿开，
生活美起来，
欢声笑语搭舞台，
乡音唱的全是爱。

（原载《词刊》2020年第7期）

幸福感

心已把你装满,
再也盛不下其他情感,
人生幸福不过这般,
和心爱的人朝夕相伴。

仿佛就在眼前,
总也离不开我的视线,
爱情其实简简单单,
陪亲爱的人随遇而安。

这种幸福感,
来得自然而然,
时刻都在身边,
随意就能点燃。

这种幸福感,
始终保留心间,
味道香香甜甜,
想你就会出现。

(原载《词刊》2020年第8期)

章正霞 女,1970年9月出生于来安县水口镇高凰村,现为私营企业来安安达电子有限公司总经理。曾在《安徽日报》《文学百花园》《滁州日报》《淮河报》等报刊发表诗歌、散文多篇,有作品获奖并入选《滁州文学60年·诗歌卷》等。安徽省作家协会会员。

那一瞬

那一瞬,你的面庞

如同笼罩在

紫薇的光晕

使整个璀璨的夜晚

更添

几许朦胧

于是,我们聆听到

远山的呼唤

我们抬头迎接浩瀚苍穹

俯首亲吻河流山川

告慰那曾

飘离的梦

还记得吗?那一瞬

你双颊红红,是否在

追逐一颗遥远的星辰

那一瞬,似乎亘古了千年万年

你予整个缱绻的夜晚

最灿烂的笑容

(原载《滁州日报》1994年11月22日)

等 待

说过的　在山前的那棵古树旁
等你
如山岳默守土地
苦苦期待
你翩翩身姿

说过的　在雨后彩虹里
等你
于是　我把期待
绵延成山路
在每一步坎坷里
想你

说过的　在离你而去的日子里
我独坐灿烂星河之下
悠悠倾听
你温柔如水的声音

（原载《淮河报》1995年2月6日）

贺庆江　笔名风声，1963 年 5 月出生于来安县新安镇双塘村，现为安徽金禾实业股份有限公司员工。

流过的小溪

就这样流着　一条小溪
流得不悲不痛
不缓不急

不问风　从哪个方向吹来
它总是这么流着
流得那么彻底

不管它怎么流淌
我心底总有一方野地
它无法带去

那里有我种下的蝉鸣　鸟啼
还有挥洒不尽的气息

当然　更有我轻轻拿起
又放下的记忆

（原载《新滁周报》2020 年 12 月 24 日）

永阳新诗

春日登琅琊山

走不动了
就坐在台阶上
呼吸着远山　呼吸着绿叶
也呼吸着这里的时光

彼岸花在石缝里静静开放
就像几片初春的雪
给我带来一阵惊喜

古道　亭阁　寺庙
在树荫里时隐时现
阳光穿过枝叶
不安分地四处游走
偶尔停泊在我的脸上
小憩一下

（原载《滁州日报》2021年3月17日）

刘志奎　1971年3月出生于来安县舜山镇炮嘴村，现为安徽金禾实业股份有限公司员工。

清晨与杜鹃

四月的灵魂开始发芽
清晨是一首轻音乐
杜鹃在鸟与歌之间转换

自然而又贴切地留下痕迹
向前走越来越遥远
遥远但不会消失
闪耀在内心的黄色花朵
不会像青春日渐衰老
在我们的交谈里
无法触及之处
就像清晨里杜鹃的银色啼鸣
在轻微闪烁

（原载《新滁周报》2020年7月30日）

吕万生　1970年2月出生于来安县施官镇桥西村。中国摄影著作权协会会员、安徽省摄影家协会会员、滁州市作家协会会员。现为国家税务总局来安县税务局工会副主席。

初　夏

布谷鸟的鸣唱
渐行渐远
演绎着蛙鸣的前奏
那是母亲
播下的种子
蔓延在我的春天

明天
是逃不脱的风
和蝉蜕挂在枝头

蹒跚过的童年
放飞的蜻蜓
在指间跳跃
飞过那些不经年的
荷尖

归途
在父亲的肩上
一年又一年
醉红了月亮

（原载《新滁周报》2020年7月30日）

彭　明　1968年7月出生于来安县新安镇。安徽省散文家协会会员、滁州市作家协会会员。现任职于国家税务总局来安县税务局。

我的祖国

走在这一片广袤的大地
黄色的，黑色的，五颜六色的土地
走在小麦和稻谷之间
走在秦砖汉瓦上，走在唐风宋韵里
我的祖国，我是你海棠叶上的一只蚂蚁
心有所系，一往无前

恋着你的红，随着黄河奔涌
随着雅鲁藏布江向天空呼喊
从高原到峡谷，天与地的深度

是我对你的无限仰慕
我的祖国,我是你血液里的细胞
和你一起,生生不息

南湖的风吹起,是远古的积蓄
是近代的喷发,是今天巨浪的源泉
是无数人挥动手臂,挥动戈矛
挥动锄头,挥动大刀
我的祖国,我是你火焰里的野草
卑微却执着地燃烧

你是我的泪,是我的笑
是日出东方喷薄的美好
你是银河流转的星辰,穿越亘古的闪烁
我的祖国,我是你的一粒星辉
呼吸你的呼吸
跳动你的脉搏

我的祖国,你是酝酿五千年的惊雷霹雳
是万丈悬崖上怒放的花朵
是十四亿目光深情凝望的中心

低沉的、嘹亮的、稚嫩的、成熟的……
当十四亿呐喊汇聚的旋律响起
我在深情地聆听啊,我的祖国

(原载《新滁周报》2019年9月26日)

王德明　1969年2月出生于来安县施官镇秦港村。诗文散见于各类报刊，有散文作品入选《滁州散文选》。自由职业。

城市里的民工

一条鱼逆流而上
穿过城市的天空
水中游动的倒影
摇曳出五月的芬芳
有月朗照的夜晚
风纤纤的细手
叩响门环

结伴而来，无数双眼睛
在荒芜的草丛间窥探
这个季节脚手架在夏天里疯长
许多空挂的鸟巢迫不及待地溃败
农时走在季节的深处
深一脚浅一脚地喊我的乳名

家在远处等你
心的驿站，一支竹笛横空
写给妻子的日记打开
整个世界哗哗作响

（原载《金陵晚报》2019年2月24日）

和一株麦穗对视

夏天的某一个夜晚
携一片月色
在你的身旁悄然而至
你硕大的头颅
举着乡村火红的六月闪亮登场

从工地上回来的二叔
开始阅读今年的收成
一台台铁疙瘩（铁牛牌收割机）正行走在
绿树掩映的乡村
醒来的村庄即将上演我七十九岁母亲
渴望已久的期盼

手握镰刀的岁月
已尘封在记忆深处
和一株麦穗对视
一声鸟鸣划开黎明前的寂静
一粒麦香就写满母亲幸福的脸庞

(原载《金陵晚报》2019年5月31日)

王正如　女，1970年5月出生于来安县新安镇七里村（今七里社区），私营业主，滁州市散文家协会会员。作品散见于《滁州日报》《南国文学》《青年文学家》等报刊。

七月荷花香

坐依七月的荷塘
一枝枝荷花
把心事　隐藏在
青荷之下　绿水之上

摘一抹离枝的惆怅
在伤口的边缘　流浪
接受生死离别的忧伤
命定的牵念
跟随着南北朝沈约的脚步
蔓延绵长
等你——
是一场执意的山水相约
心之花蕾
似岸芷汀兰般怒放

坐依七月的荷塘
暗香浮动
荷语呢喃
那是一场花与花的凝视
那是一场水与水的微漾

荷巷深处

你泼墨缕缕荷韵

挥毫着岁月的温良

这个夏季

写满你我的 地久天长

（原载《新滁周报》2019年7月18日）

魏来安 笔名秋枫，1958年10月出生于安徽省定远县吴圩镇，原来安县市场监督管理局机关党委书记。安徽省作家协会、滁州市作家协会会员、来安县作家协会名誉会长，出版散文集《十月的秋》《夏日和风》、诗集《写在春天》。

秋　菊

回望这个夏天

一枚叶子挑起秋风

藏进想念的手心

淡黄的花瓣托出深秋的等待

看过的曾经纷飞入土

执着的心　握住霜后的冷

掸落紧随的蝶

纶巾上的时光垂落

荷锄的手握着阳光

把清香泡进茶盏

车马往复

不懂那份恬淡
弯曲在花瓣里的时光
隐藏尘世的喧嚣

秋菊在手
会有错过的清香
在月夜醒来
慢慢打开记忆里的锁

（选自《写在春天》，中国社会出版社 2016年版）

张行方　1964年6月出生于安徽省定远县，曾在来安长期居住工作。记者。中国散文家协会理事、安徽省作家协会会员、中国公安文学精选网安徽工作部总编。出版文学作品集《等你回航》。

往事如烟

生命如水，流经天地轮回的经纬，我在感觉与体验中荡舟，年龄的吃水线使我深刻。

日月如梭，串联昨天与今天的故事，我在寓言与传说中摇旗，生活的金三角使我充实。

从往事的渡口摇曳一尾诗意的乌篷，犁破永不碎裂的日子，散开而又渐次弥合一种温情。

目光里拉出帆，拒绝风的鼓动，一种抵越的渴望，却不经意让风信子沉睡了无数个季节。

在一个个往事的躯体上，在品尝了今天裸露的丰郁之后，已老的日子以沉默的姿态表白深刻的沧桑。

燃烧的情节已携着往事的历历在目开始冬眠，秋阳斜挂，总会折射一种刻骨的落寞。

往事的排列消瘦了今天的负担,闲暇的日子总难免去修改心灵深处往事的诗稿,以致今天带着油墨香味的诗行醉了多少少男少女。

往事营造的栅栏,茂盛的温柔往往比一种尖锐的撞击更具穿透力。

寂寞的跋涉,从洞穿心壁的往事火锅中奏起,唏唏嘘嘘的序曲,举起杯,举起了不再回头的诺言。大汗淋漓的啧啧称叹,晾晒满脸玩世不恭的表情。

汗水流走感叹,心灵又在重复昨天的故事。来来往往的日子,失去的不会再来了。春天挽留不住花朵,一切都得从头。

一涧桃花簇拥着斑驳的往事,迎风而歌,迎风而舞,葱郁的怀念,绵延成一道思想深处的锦绣画屏,歌声如潮,笑声如潮。

(选自《等你回航》,北京时代华文书局 2021年版)

张小丽　女,1975年11月出生于来安县三城镇三城村。现居来城,自由职业。

怀　想

片片苇叶在掌心弯曲
以另一种方式重生
循环往复的五月
如期而至的约定

被绑架的那段历史
是一块沉寂江底千年的石头
依然在积蓄力量
江水翻滚流淌

鼓点声声激昂
当乌云裹挟着风暴来临
那叶孤舟依然会扬起风帆
守护至高的星辰

（原载《新滁周报》2021年3月11日）

周学平　1977年6月出生于来安县独山镇独山村。有诗歌、散文在各类报纸杂志发表，数次获征文奖。现居来城，自由职业。

恋　城

恋上一座城
跟霓虹闪烁无关
与车水马龙无关
只因心的扉页
有一道绯红的烙印
这样的印痕溢着芬芳
穿透过发丝
蔓延至脊梁

在城垣上
绘下第一次的慌张
星光下细数浅尝的胆量
高脚杯里炽热在激荡
芳华在爱慕中荡漾
欲望的温度蔓延至胸膛
秋波传递着火的光亮

香樟

梧桐

两两相望

大雁

南方

互诉衷肠

夜半小夜曲如山泉流淌

炽热与真诚镌刻在三生石上

裙袂在和风中飞扬

优美的华尔兹

吸引了我的目光

挽你的手在城中清唱

把天长地久安放在

幸福要来的方向

(选自《新世纪微诗经典》,团结出版社 2018年版)

那山,那水,那老屋

夹带着童年的记忆

我徘徊在乡路之上

那光秃秃的山不再氤氲

任丹青高手再也勾勒不出葱茏

那水草丛生的河

灵动丰盈变成了静默

青砖灰瓦的老屋伫立在村头

我仿佛听到了窗棂与墙壁在冰冷地交流

几只鸡鸭伴着一条狗趴在村口

不远处是老人迟缓的背影

芦苇与菜地在夕阳下厮守着四季

浮萍与水依然相互依偎

那山,那水,那老屋

我曾经熟悉的所有啊

仿佛突然去向不明

(原载《新滁周报》2020年7月30日)

乡　情

  乡情是埋藏,也是牵挂。乡情是儿时光着小脚丫走在田野的刺痛,乡情是光着小屁股在河水里嬉戏玩闹的记忆。乡情是对土坯老房子冬暖夏凉的眷恋,乡情更是在肚子"咕咕叫"时看见袅袅炊烟的幸福。

  家乡的山虽不是峰峦叠嶂,但也有绵延起伏的柔美。家乡的水虽不如海水般的清澈,却有母乳一般的甘甜。

  乡情是对青青小草悬挂晨露的眷恋,是对和风细雨滋润万物的感恩。

  乡情是每次出远门父亲的不舍,乡情更是母亲帮我整理衣裳时的唠叨。

  乡情是每次出门妻子一声又一声的嘱咐,乡情还是每次回来看见孩子满面嬉笑的幸福。

  有多少漂泊在外的游子思乡不得归,又有多少的爱能化作一片树叶可以漂过家乡的那条河。

  少小离家老大回,乡音无改鬓毛衰。多么真实的伤感啊!当我们步履蹒跚,挂着拐杖再回这片土地的时候,却再也看不到那些熟悉的人,再也看不到那一间间冬暖夏凉的老屋,只剩下对先人的怀念。真的是斯人已去空悲切。

从此，乡情就像一个影子，她是铭记在心的真，她是割舍不断的情。

时光荏苒，岁月依旧。凝望暮年的夕阳，追寻两个影子重叠在一起的浪漫，一切依旧那么真，一切还是那么熟悉。

我们每个人都有一份思乡的情愫，只不过可能你淡一些，我更浓一点！

（原载《丹阳日报》2018年8月21日）

朱文丽　女，1984年10月出生于来安县半塔林场，本科学历，现为来安县张山镇长山小学英语教师。诗文散见于《首都建设报》《三亚日报》《新安晚报》《滁州日报》等报刊。在国家级教育杂志《小学教学设计·英语》和省级教育杂志《山西教育·幼教》上发表教学论文数篇。

母　亲

有一种依恋，是母亲
管它日上三竿
管它大雨滂沱
大小琐事似乎与你无关

有一种唠叨，叫母亲
穿衣吃饭，家长里短，
你爱听不听
管你长到多大

岁月是无情的
它偷走了母亲的黑发
并在母亲的脸上
刻下一幅幅干涸的山河画卷

岁月有情

从清澈到浑浊

母亲期盼的眼神

一直如寒夜里熊熊燃烧的篝火

闪烁炙热

照我到今

（原载《新滁周报》2021年3月11日）

永阳古韵

司空曙（720—790），字文明，一字文初，洺州（今属河北省邯郸市）人，登进士第，性耿介，磊落有奇才。大历十才子之一。其诗多为行旅赠别之作，朴素真挚，多幽凄情调，兼写离乱心情，有《司空曙诗集》。

送永阳①崔明府②

古国群舒地，前当桐柏关。
连绵江上雨，层叠楚南山。
沙馆行帆息，枫洲候吏还。
乘篮若有暇，精舍正林间。

（选自道光十年本《来安县志》卷十三《艺文志》）

韦应物（约737—791），字义博，唐京兆万年（今陕西省西安市）人。少以三卫郎事玄宗，晚折节读书，工诗。唐德宗建中四年（783），出知滁州刺史，后改知苏州。其性情高洁，诗追陶渊明，后人有"陶韦"之称，著有《韦苏州集》。

途中寄杨邈裴绪示褒子（永阳县馆中作）

上宰领淮右，下国属星驰。
雾野腾晓骑，霜竿裂冻旗。
萧萧陟重冈，莽莽望空陂。
风截雁嘹唳，云参树参差。
高斋明月夜，中庭松桂姿。

---

① 永阳：唐景龙三年（709）析清流置永阳县，治今城北瓦岗。
② 明府：县令别称。

当暌一酌恨,况此两旬期。

(选自道光十年本《来安县志》卷十三《艺文志》)

卢 纶 (约472—约799),字允言,河中蒲(今山西省永济市)人。大历十才子之一,有《卢户部诗集》10卷。诗风雄浑,情调慷慨。

送永阳崔明府

鹤唳蒹葭晓,中流见楚城。
浪清风乍息,山白月犹明。
废路开荒木,归人种古营。
遥闻正讹俗,邡曼更知名。

(选自道光十年本《来安县志》卷十三《艺文志》)

黄 福 明宣德年间户部尚书,谥忠宣。

瑞应驺虞诗

石固山①灵显,驺虞②仁兽臻。
虎躯威不猛,猊首性尤驯。
质炳霜花洁,文凝墨色新。
出乘平野霁,入占茂林春。

---

① 石固山:在屯仓水库东南岸,与尖山对峙,山势陡险,易守难攻,是县境北端御敌之门户。所谓"石固""固山",亦指此山。
② 驺虞:明宣德年间,石固一山民家中产两头驺虞,被认为祥瑞之兆。

西并周岐凤，东伴鲁薮麟。
一朝离翠麓，千里献枫宸。
至治馨香日，皇天眷佑辰。
有生咸化育，无处不尊亲。
庙社同磐石，歌章属缙绅。
微臣争仰睹，嵩祝不知频。

(选自雍正十三年《来安县志》卷之十二《诗歌》)

张 楠（1476—1540），字子材，号四峰，来安县人。明正德三年（1508）进士，升光禄寺丞，历尚宝司卿、南京太仆寺少卿、南京鸿胪寺少卿，调贵州布政司参议。工诗文。

赠常都宪文载①

晓入来安道，清风四月晴。
青天难借问，白发每潜生。
垄麦连云割，山田带月耕。
瞻依在八石，万里一山横。

赠乌石山人王德远

万峰深处结茅庐，乌石山人静隐居。
世事已收林壑内，闲情都寄啸歌余。

---

① 文载：常道，字文载，来安县人，明弘治十八年（1505）进士，拜右佥都御史，自号八石山人。

白云满屋初醒酒,明月悬秋半解裾。

更有高怀横短棹,扁舟日钓五湖渔。

(以上二首均选自雍正十三年《来安县志》卷之十二《诗歌》)

胡　松（1503—1566），字汝茂，号柏泉，滁州人。其墓在来安县水口镇。幼家贫，常借书读，明嘉靖八年（1529）进士，知东平州，历南京礼部郎中、山西提学副使。曾为当道所陷，斥为民。后以荐，累官吏部尚书。谥庄肃，著有《胡庄肃公集》。

赠学博①吴毓嘉②

晓日动行旌,春帆一水轻。

孝廉惟尔最,花柳为君明。

滁水流遗爱,孤山拟令名。

匡庐环县郭,西望剧余情。

(选自雍正十三年《来安县志》卷之十二《诗歌》)

王　梅　浙江平湖人，进士。嘉靖十七年（1538）以滁州同知署来安县事。

县署之作（四首之二）

我爱来安县,浑然太古余。

居人尽茅屋,长吏有柴车。

---

① 学博：训导的别称。
② 吴毓嘉：福建长汀贡生，于嘉靖十七年（1538）任来安训导。

里巷闻弦诵，山溪见佃渔。
疏慵更何事，高枕午窗虚。

落日交衢道，轺车使者来。
前旌迷晓雾，后骑殷春雷。
声折甘昪宦，亨通总俊才。
未须嫌墨绶，民力正堪哀。

（以上两首均选自雍正十三年《来安县志》卷之十二《诗歌》）

顾　问　明嘉靖二十二年（1543）知县，蕲州人（今湖北省蕲春县）。

赠吴学博毓嘉

吴子闽中士，孝曾天子知。
过予谈道义，别去向江湄。
木铎由身振，桃花得雨滋。
匡庐山色好，到处可题诗。

（选自道光十年本《来安县志》卷十三《艺文志》）

王可立　字子中，来安县人，明嘉靖二十五年（1546）举人，三十二年（1553）进士，授刑部主事，升辽东佥事，转山东右参议。著有《建康风俗记》《九华山志》《引睡集》等。

游琅琊寺次孟公①韵

  巾车郊牧每寻春，秋日招游发兴新。
  仙侣追随临上界，玄机究竟度迷人。
  峰头长啸烟霞绕，溪畔闲吟鸥鸟亲。
  静听钟声云外尽，禅心了悟净无尘。

  万木阴森古殿幽，时逢八月荷重游。
  高峰苍翠空中起，曲涧潺湲槛外流。
  看偈偶依青嶂立，探奇每被白云留。
  暮归忽听樵歌急，满谷西风落叶秋。

游白云庵②次孟公韵

  白云层叠锁禅林，九日登临秋色深。
  万壑丹枫随远眺，数声清磬净尘心。
  山亭对叙羞吹帽，竹径谈玄喜盍簪。
  世泰地灵人最杰，胜游到处总堪吟。

（以上二首均选自道光十年本《来安县志》卷十三《艺文志》）

---

① 孟公：指孟津。
② 白云庵：宋天圣元年（1023）建。在县西北，今明光市嘉山上，时属来安。

严九苞 来安县人，明万历礼部儒士。

龙泉①云气

泉微流更咽，云薄结偏迟。
源洞龙长睡，为霖在几时。

（选自雍正十三年《来安县志》卷之十二《诗歌》）

尹梦璧 字兆玉，号楚白，浙江归安贡生。明天启元年（1621）任滁州判，檄署来安。

来安署斋清昼

绿荫流几昼窗虚，公暇端如林下居。
理罢音徽还运甓，检清案牍尚摊书。
讼稀不禁门多雀，味淡何须馈有鱼。
却笑萧然乘橐者，也携一鹿自随车。

景濂书院讲学，次邹南皋先生题王文成②公像韵，呈海门周老师（录六首之三）

共有灵源不自知，眼前道在更师谁。
欲从暗处寻明觉，月语昭然白日垂。
纷纷诸子辨何雄，不出须臾指掌中。

---

① 龙泉：指龙泉山，在县东北30里处。
② 王文成：指明王守仁，本名王云，字伯安，号阳明，谥号"文成"。

引到本根来复处,梅花蕊里度春风。

望洋不及叹迷津,欲猎虚声恐惑神。
一自先生指臻岸,鸟歌花笑总成春。

(以上二首均选自雍正十三年《来安县志》卷之十二《诗歌》)

憩吉祥寺

暂于琴署谢尘缘,投体空林一问禅。
数去诸天经几劫,坐来半日似长年。
寰中好韵风鸣竹,方外清谭舌吐莲。
世味从来尝不尽,只应邻井汲芳泉。

五湖①环秀(旧志十景诗之一)

绿杨芳草带平湖,绕岸青山总画图。
秀色每于晴后见,岚光乍入雨中无。
岂缘啸傲妨公事,暂领芳菲狎酒徒。
彩鹢莫嫌归路暝,峰头明月醉堪呼。

(以上二首均选自道光十年本《来安县志》卷十三《艺文志》)

---

① 五湖:在长山西部脚下,以此人称长山为五湖山。

夏大儒　字孔一，来安县人。明天启二年（1622）进士，例选知州，以母病终养，未仕。

天竺庵①

两山深处一溪通，揽胜梯危入碧丛。
宝地去寻居士井，翠屏来抱梵王宫。
松杉尽出烟云上，钟鼓时鸣霄汉中。
何事沙门清绝境，却教车马日匆匆。

（选自道光十年本《来安县志》卷十三《艺文志》）

严治顼　字素泾，嘉山集（时属来安县）人，少孤贫失学。年三十折节读书，好吟诗，其高者直上王孟之室。著有《蒲禅集》，年至九十。

同人载酒过东园②

繁华殊凤昔，芳草日还生。
幽侣念游事，携尊为野行。
远山先在望，密艳近相迎。
坦坐依疏竹，高林送鸟声。

鸟声喧向水，水气薄春衣。
晴色烟霞丽，盘飧笋蕨肥。
令严难避酒，诗好倩斜晖。

---

① 天竺庵：又称天竺寺，在东龙山下，元至正五年（1345）建，久废。
② 东园：武姓别墅，在城东，其时修竹数万竿，环以绿水，名花珍木错植其中。

不愧竹林逸，相将扶醉归。

东园看梅用壁间韵

入春花事逼，懒客亦超腾。
步步香堪折，峰峰白几层。
坐深凡气涤，望久野烟凝。
欲画寒林致，非当酒不能。

和朱仪仁城南野望，兼予适有感怀

乞火方三日，山川渐暮春。
荒城亦芳草，短步趁游人。
宫观凋残旧，烟花惨淡新。
眼中数千里，何处不风尘。

（以上三首均选自道光十年本《来安县志》卷十三《艺文志》）

黄炜桢 福建莆田人。明崇祯十四年（1641）任来安县令。

水口^①夜望

旅舍堪容膝，畴言道路艰。
清流无容渡，古寺有僧还。
画角秋愈壮，冰轮夜更圆。

---

① 水口：今属水口镇，老来河流经此地，时建有观风桥码头。

霜华林外洁,染鬓尽成斑。

(选自雍正十三年《来安县志》卷之十二《诗歌》)

张维恕　明御史,曾驻节来安。

龙泉寺[①]

其一

万山重叠吐虹光,微雨初收天外凉。
骢马一鞭风色好,草虫吟处百花香。

其二

万木森森鸟自鸣,碧云流水涧边清。
翠微隐见龙泉寺,为访禅心一暂行。

小憩龙泉寺

危石连云起,浓烟入涧幽。
僧传孤寺法,叶落万山秋。
雨为催诗过,溪缘寄意流。
稻花香扑马,此地拟全收。

(以上二首均选自道光十年本《来安县志》卷十三《艺文志》)

---

① 龙泉寺:在县东北30里龙泉山上,久废。

裴骞　泽州（今山西省泽州县）人，明正德十六年（1521）进士，嘉靖十二年（1533），由山东按察司副使贬为滁州同知，驻节来安。

白塔镇寺①中砖塔歌

双旌闪闪晴吹影，山路行行冬未冷。
卓午移炊到上方，浮屠七级颓无顶。
僧云雷火击无端，一半横飞伏虎山。
宝地经床但寂寞，赤乌砖字空烂斑。
吁嗟金石原非久，功名富贵我何有？
笑对山僧发浩歌，长途浪醉滁阳酒。

宿白塔镇禅寺

世网常羁足，禅关暂息肩。
塔高雷火忌，寺古佛灯悬。
野水平吞日，山岚远薄天。
松楸者谁氏，夜色转凄然。

鹫峰庵②

客子倦行役，空山停敝车。
晚林枫自画，秋意雁能书。
壮志衔恩日，无才去国余。

---

① 白塔镇寺、白塔镇禅寺：白塔寺。
② 鹫峰庵：在县东龙山下，佛殿有石塔刻"元至正祈雨有应敕建"，已废。

乡关二千里，借梦到庭除。

(以上三首均选自道光十年本《来安县志》卷十三《艺文志》)

周一夏　清代人，生平不详。

过鹫峰看梅

两山夹寺白云根，曲折疏篱隔涧门。
古木撑霜迟鸟迹，疏枝盘石卧虬魂。
香飘谷外和钟出，影落溪边带月存。
驴背不嫌频过问，山僧常许伴黄昏。

(选自雍正十三年《来安县志》卷之十二《诗歌》)

周　球　字季珍，来安县人，清顺治十二年（1655）武进士，授广州左卫守备，升江西南赣游击，因平三藩有功，升都督佥事，右、左都督，调汉中总兵官，康熙五年（1666）卒于任，赠太子少保。有"奏议"一卷，《纪游草》一卷。

赴晋阳任道经来安故里

忽从天际拜元戎，暂过枌榆语老农。
幽鸟好花延过客，高牙大纛促行骢。
常思栗里陶元亮，敢羡汾阳郭令公。
未报君恩难自遂，烟霞暂为护高松。

(选自雍正十三年《来安县志》卷之十二《诗歌》)

周　蔚　字复庵，周球长子。幼从父江西征藩立功，由监生署瑞金县授，后任汝宁府判，历判楚雄，署南安、定边等州县，后升琅井提举。

恭承祁父台①忝举乡宾辞以俚句并柬诸绅士

宦路驰驱四十春，君恩今许乞闲身。
久惭食禄成中隐，忽报开筵为荐绅。
茂宰纵悬三让礼，老夫已作四休人。
秋风指日歌鸣鹿，自有诸君供席珍。

（选自雍正十三年《来安县志》卷之十二《诗歌》）

周　濂　周球仲子，幼随父幕，由庠监援例选嘉兴通判，再补保定通判，迁密云、高阳、清苑诸县，升大理寺判。

定远林父台奉宪来勘邑灾赋感

瘠土遭荒剧可伤，感公原隰勘周详。
鹿辀到处春生脚，沙水流恩共久长。
望风情系犹瞻父，入境恩流若抚儿。
从此来安沾化雨，免闻妇子叹仳离。

（选自雍正十三年《来安县志》卷之十二《诗歌》）

---

① 父台：对县令的尊称。

徐　衮　清来安县学训。

赠逸老朱且潜①

舟到来安识遁翁，翛然闲远似冥鸿。
东皋舒啸延清景，北牖披襟待好风。
隐迹每思寻吕尚，著书常欲贬王通。
逍遥乐事人知否，都在缥缃卷轴中。

(选自雍正十三年《来安县志》卷之十二《诗歌》)

张映台　字雯三，来安县人，清康熙辛丑（1721）选贡，考授不就。好读书，饶文藻，累举乡饮大宾。

恩颁恤老米肉绢帛恭赋志感

乞米方临帖，饭香来日边。
人劳春一斗，我胜取三千。
喜涉升平世，如逢大有年。
太仓盈亿秭，岁给比闲田。

(选自雍正十三年《来安县志》卷之十二《诗歌》)

---

① 朱且潜：朱戭，字且潜。

朱　黻　清康熙间隐士。工诗善画，诗一句一字恒数改不休。学习米芾的字体，自号"半颠"。

重过天竺寺

步当黄叶晚，指点到柴关。
远念一林雪，重行十里山。
喜僧知客兴，送我过桥还。
何用谈清梵，溪声响石湾。

秋暮过尉迟寺①

野水寒烟里，树酣霜后颜。
溪鸣秋积雨，烟结日沉山。
古迹无人纪，深林有鸟还。
偶然凭槛坐，尘虑喜俱删。

游舜山吉祥庵②

顿觉情怀淡，经声引客筇。
路穿残叶乱，门锁冷烟浓。
黯讶山涵雨，清闻寺叩钟。
何当携敝箧，坐卧对晴峰。

---

① 原注：寺本唐鄂公所筑，故寺名尉迟。近有虎洼即其射虎处，土音讹称玉石，殊无谓也。邑侯黄柱伯将修邑志，檄余纂述古迹，笔而正之。编者按：嘉靖二十二年（1543）县令顾问在武集西建玉石寺，康熙五十八年修。朱黻之说不足据。

② 吉祥庵：尊胜禅院。

过广福寺①

群山环碧翠，一径入香林。
地僻云堂冷，树多经案阴。
空庭松系马，低案水巢禽。
闲听中泠语，缘知诗咏深。

草堂销夏选二首（学博林公题其堂曰今草堂）

深柳风多眠易醒，鸟声常得隔帘听。
树留云影粘扉白，竹放月来入幕青。
试检炉香留宿炭，教添花水莫盈瓶。
客来情话无嫌剧，数瀹新泉凉满亭。

村深尽可销长夏，况更环堂绿作丛。
食饱新添三斛麦，卧凉常荫半岩松。
小瓶涛沸茶香远，古砚烟霏墨沉浓。
行坐水声云气里，葛衫纨扇日从容。

草堂冬夜

横窗雪竹压枝斜，索句消寒兴亦嘉。
徐待云开流月印，静观风动落灯花。
凭谁踏冻沽村酒，聊自敲冰煮芥茶。
却笑煨炉寻榾柮，一无长物是儒家。

---

① 广福寺：县境佛寺多座名"广福"，此处广福寺应在今长山林场境内，久废。

过天竺鹫峰诸刹晚宿杲公方丈

古刹巡游兴未降，仍回禅室息纷哝。
行看香篆萦秋寺，坐对灯花结夜釭。
炉煮芳泉声沸鼎，月笼嘉树影摇窗。
竹床草褥高眠稳，耳畔终宵绝吠龙。

重游天竺寺

闲访禅居忘路远，低云平水隔层层。
昔年已订携春屐，今日重留剪夜灯。
山簌味甘尝不厌，禅房睡稳唤难应。
此中若许常游息，便是人间有发僧。

（以上九首均选自雍正十三年《来安县志》卷之十二《诗歌》）

金映月 字修园，来安县人，清康熙辛卯（1711）举人。拣选内阁中书，改金坛教谕。捐置学田，倡修书院。

五湖环秀

肩舆晓过五湖山，欲访名庵半掩关。
秀笔峰尖看叠叠，清流石涧听潺潺。
朱鱼时跃澄潭下，黄鸟争啼密树间。
一叶扁舟何处去，桃花溪畔白云间。

天竺迎晖

寺傍深林映早晖,晴明叠翠四山围。
夭桃几树红留客,杨柳千条绿染衣。
奇石堪令人下拜,幽庭频见鸟争飞。
何惭天竺西湖上,万颗珊瑚竹实肥。

(以上二首均选自雍正十三年《来安县志》卷之十二《诗歌》)

武翔彤 字兆师,来安县人。清康熙贡生,任丹阳训导。

送伍明府①调任铜陵

公行待早春,正喜未冬暮。
讵意飏双旌,诘朝赴长路。
自惭驽钝才,夙承伯乐顾。
惠海屡谆谆,如寐使之寤。
亦愿公少留,简书岂容误。
怜彼众黔黎,遮道计无措。
旗亭折柳枝,远送沙河渡。
侑酒曲方终,马健去若骛。
相与共回首,已隔寒林雾。
离别自古难,质言拟江赋。

(选自道光十年本《来安县志》卷十三《艺文志》)

---

① 伍明府:指伍斯璜。

严　涛　严冶项之子，岁贡生。善画菊，画成必自题诗。著有《晋山诗稿》。其弟严行，禀生，著有《四书讲义》《四守斋诗稿》《来安县志新稿》。

过东皋武氏园林①感旧

其一

不到东皋境几迁，今来仍届夏初天。
种花谁解思原主，开宴何堪忆昔年。
竹径烟深新笋密，荷池水满曲塘连。
脱冠趺坐松阴下，物是人非意怆然。

其二

少小同人日宴游，兴情强半在春秋。
杏林花灿携樽入，桂树香浓待月留。
几辈故交成异物，顿令他族据兹丘。
追维往事今犹昨，百感丛生不自由。

（选自雍正十三年《来安县志》卷之十二《诗歌》）

周克龙　来安县人，清附贡，以子景福贵，赠修职郎。

送陈明府②丁内艰③归东莞

自昔闻名字，元龙气卓然。

---

① 武氏园林：在东街之南，曾经亭池栏槛，结构殊工。
② 陈明府：陈之遇，广东新安（今广东深圳）进士，雍正四年（1726）来安知县。
③ 丁内艰：妻子亡故。

雄才非百里，小邑得高贤。
经术侔匡鼎，辞华迈惠连。
舄飞低马岭，花发灿龙泉。
问俗丁城北，通商亥市边。
桑田逢雉雊，萑泽任鸥眠。
爱客樽常满，耽诗句共联。
方期民永戴，何意驾言旋。
风木悲酸地，晨昏黯淡天。
孤寒齐下泪，那忍奏离弦。
（选自道光十年本《来安县志》卷十三《艺文志》）

冯汝为　来安县人，清代廪生。

贴山寺①读书次严孝若古城来韵

来邑饶名胜，佳哉寺贴山。
庭空飞鸟绝，林静白云环。
近市难谐俗，寻幽暂解颜。
何时共携手，踏月放歌还。
遥念古城客，情怀真洒然。
容光频入梦，诗句好相联。
朝陟齐云寺，夕参惠远禅。
高风久辽邈，时望寄新篇。
（选自雍正十三年《来安县志》卷之十二《诗歌》）

---

① 贴山寺：在县北40里处，今属江苏盱眙县，后名铁山寺。建于东汉末年，由当地僧人严佛阔倡建。

武　　经　来安县人,清代增生。

题郝释翁也慵园

顿丘之城盈一掬,顿丘之水带一曲。
先生随地可婆娑,有鸟有花即寓目。
出城数武是园居,一水万木环其庐。
面面遥峰青欲语,好书好友无时虚。
春到海棠绚烟柳,鹦鹉鸲鹆不离手。
满砌飞红花作茵,绕枝清啭莺催酒。
就中唱和兴谁浓,趺坐白石予与翁。
骋驰笔墨俱不俗,经济云山各有功。
以此情如兄与弟,蹇驴不入嚣尘市。
先生醉卧也慵园,我亦寄傲东皋墅。
城东城北日追游,寻壑登山任自由。
足底芒鞋快如马,手中筇杖健于虬。
三百六十除风雨,絜榼携壶互宾主。
有时散处各清闲,一枕羲皇天正午。
起闻茶沸似鸣涛,琅函检罢烟月高。
浑忘世路几变幻,一任篱犬群声嗥。
世传药物善养老,医士几人颜色好。
浩歌一曲天地宽,胸无百忧即鸿宝。
所愿逍遥伴我翁,衣沾花雨口吟风。
与世无求酒皆足,非庄非老顽如童。

冬夜出城步月抵故人园

城头击柝风凄苦,月色朦胧寒照土。
主人不见空林塘,落叶纷纷塞庭户。
去年此地饶笙歌,噂沓朱轮交绮罗。
鹦鹉唤人白鹤舞,绿杨系马迟青娥。
如何转眼封蛛网,狐狸作窟棘荆长。
箧中珠贝走街衢,屋里青磷啼魍魉。
我来见此泗沾襟,赎越无才空有心。
独憾生前君计拙,不交侠骨交黄金。

(以上二首均选自雍正十三年《来安县志》卷之十二《诗歌》)

武　绪　来安县人,清代增生。

恭颂关圣帝君

饮药荀郎何足论,庞张殉魏亦辜恩。
惟公不负桃园义,于世偏知帝室尊。
生拟效忠诛汉贼,死能授命报王孙。
任他两地埋身首,气塞乾坤万古存。

(选自雍正十三年《来安县志》卷之十二《诗歌》)

伍斯璜　字非石，江西新建（今南昌市）人。清康熙甲午五经中试（乡试前五名），雍正八年（1730）任来安县令。主持编纂《来安县志》，并作《来安十景》等诗数十首，后调任铜陵。

来安十景十首

其一·龙泉云气

石梁幽咽泻琅玕，乔木阴森六月寒。
云气夜嘘腾碧落，龙光晓出护青峦。
化为霖雨沾新稼，散作晴岚覆古坛。
神物由来多会合，几人翘首望长安。

其二·王母仙踪①

蓬莱远隔白云边，帝母何缘驻彩䡏。
玉检不传鸿宝术，石梁空忆太华篇。
苔封旧刻虚鸾信，草没荒池废楮钱。
正值圣明霄旰日，敢将心力佞神仙。

其三·五湖环秀

山前车马似云屯，环绕湖光日未昏。
几处溪桥堪入画，数家篱落自成村。
田因春雨兴禾稼，民以时和长子孙。
我是一官同魏史②，向来陈迹与谁论。

---

① 王母仙踪：县东北56里处有王母山，山上有池，径3丈。
② 魏史：指明嘉靖间邑令魏大用。

其四·舜哥樵乐①

攀缘萝薜逐春风,游与深山鹿豕同。
玉斧数声沉远壑,清歌一曲出深丛。
闲沽浊酒醺犹酌,冷爇枯枝暖自烘。
应笑道旁名利客,一生劳扰梦魂中。

其五·琉璃日影②

云根劈破露华鲜,梧叶银床覆未偏。
色借琉璃红日下,声传环佩玉珂前。
千门杳霭资膏沐,一气清泠润管弦。
所虑汲长偏绠短,寸心愁绝不成眠。

其六·天竺迎晖

龙山遥对梵王家,万里扶桑入望赊。
未见碧梧栖凤鸟,但留金粟照袈裟。
恒河水溢飞成彩,祇树光生幻作花。
薄露浮云何处去,空明争得演三车。

其七·玉石霞光③

石壁玲珑环佛寺,瞻依恍觉晚霞高。
不关日彩翻红药,疑有春风醉绯桃。

---

① 舜哥樵乐:相传舜曾躬耕于此,有舜耕山,今人传为舜歌山。
② 琉璃:清道光《来安县志·舆地志》:"县治后数十武吉祥寺前古井,大旱不竭,亭午日影射入,光若琉璃。"
③ 玉石霞光:玉石,指玉石寺,已废。道光《来安县志·营建志》:"玉石寺,县东武家集西。康熙五十八年修。"

暗室借光翻贝叶,绮窗分影照绨袍。
若教勾令当年住,不羡丹砂驻二毛。

其八·马岭①风声

一山突起势骁腾,风作嘶声谷互应。
松吼浑疑发振摆,草靡还似足凭陵。
交河戍客魂应断,绝塞飞鸿集未能。
中夜更闻长啸者,好将名姓访孙登。

其九·沙河②带练

连山附郭势周遭,驱马纡回不惮劳。
两岸沙融新草合,连宵雨歇宿云高。
渔舠唱月摇清渚,凫雁惊霜下浅壕。
解道澄江浑似此,苦吟应有谢功曹。

其十·石固呈祥

太平天子正当阳,山岳纷纷纪降祥。
遂有驺虞登赋咏,始知国老③善文章。
灵芝浥露尝分甲,嘉树交花不断香。
近欲勒成忠孝传,自惭无路颂陶唐。

---

① 马岭:距县城90里,来安河发源于南麓。
② 沙河:来安河的别称,现在的来安河是在其基础上进行取直拓宽等多项措施后改造而成的。
③ 国老:指《驺虞颂》的作者黄福。

题赠州佐周九如七十寿

曾将韬略佐戎行，少壮才名著楚疆。
昔接芝颜荣烂漫，今瞻鹤质健翱翔。
一经留子蜚文苑，三雅同宾入醉乡。
杖履从兹加矍铄，会看人瑞出来阳。

来安春行二首（壁间原韵）

芳草茸茸遍马前，山青亩绿景非偏。
太平有象民犹古，公案无羁吏即仙。
愿得户分三字训，敢思人受一文钱。
沿途何事多生色，为道阳春到汝边。

来安风景胜于前，僻处山隅不觉偏。
稚子事闲皆趁市，老农足健屡朝仙。
年丰人醉封缸酒，麦秀家余卖米钱。
更有一般堪画处，柳烟夹径绿无边。

劝　农

呼吏随舆挈酒觞，西阡南陌绕村庄。
稻逢霖雨香风远，话到桑麻民虑长。
纵道田家祈岁稔，休忘穑事趁时忙。
乘闲小憩松林下，布谷声声唤夕阳。

奉查饥民

因询民瘼驻轴车,且喜阳回气少舒。
早见辙无庄子鲋,敢忧釜有范丹鱼。
稷思饥溺皆由己,尧糜怀襄若傲予。
先哲过灾惟内惧,深惭少读古人书。

宿三圣庵①

如钩新月挂疏林,远扣僧关夜已深。
竹院风垆堪煮茗,柴扉尘榻漫开衾。
咨询遍及民饥苦,癃瘵时萦己溺心。
王事从来讥偃息,未明驱马又骎骎。

过古城山②

古城周匝尽峦山,地正崎岖石更顽。
采药人从天半立,负薪驴向树头还。
原非鸟道行人绝,却似羊肠策马艰。
两月渡淮三过此,往来应恐鬓成斑。

宝山集③

小小村墟翠一丛,土墙茅屋四山中。

---

① 三圣庵:在县南相官集,久废。
② 古城山:今江苏盱眙境内,时属来安县境。
③ 宝山集:在县北50里之宝山下,今属杨郢乡宝山村。

莫嫌地僻人烟少,却有唐虞太古风。

殷家涧①

四面巉岩尽是山,中流一涧响潺潺。
朝来岚色真堪画,憾不移家住此间。

乌衣早发

为趱挑圩上晓鞍,披霜抹月不胜寒。
叮咛修筑须争早,春水来时措手难。

团仓②山

山势团囷绕四旁,浑如庾廪护重冈。
轺轩欲识来民富,笑指斯山是太仓。

清净庵③

清净桥边清净庵,六年来往几停骖。
自怜身似庵前竹,冒雨披风是惯谙。

(以上二十二首均选自雍正十三年《来安县志》卷之十二《诗歌》)

---

① 殷家涧:古代县境一地名,现已不存。
② 团仓:今人谓之屯仓,在县北 30 里处,屯仓水库因之而名。
③ 清净庵:在水口镇清水村境内,老来安河之畔,已废。

项世荣　字春卿，昭文人。清康熙乙酉（1705）副榜，雍正九年（1731）任来安县教谕。知县伍斯璸修县志，委以主稿。乾隆十二年（1747）卒于任。

同司训姚简伯[①]过明经周云际连理园，观红叶延坐品茶，归而有作

我过周氏园，美景延芳躅。
笑唤同行人，携手步溪曲。
深秋逢春花，霜叶间疏竹。
叩关问主人，相见趾相逐。
入园眼都迷，天然画一幅。
高骞如鸾翔，低亚疑雉宿。
彩霞环我衣，恍在丹山谷。
避喧得小闲，炉沸茶初熟。
一瓯开烦襟，满胸贮清淑。
嘉哉连理树，岁久风霜足。
同抱出世姿，相向郁寒绿。
欲去重盘桓，古心谁与告。

（选自道光十年本《来安县志》卷十三《艺文志》）

---

① 姚简伯：姚文默。

五湖山晚归（今名双合山，在邑东北十八里）①

海尚变为田，五湖久应涸。
我从兹山归，但闻涧声落。
历险跻坦平，四绕云屯錾。
墩颓矗相望，草乱道纷错。
仆痛程偏赊，日曛烟雾作。
歌残逢散樵，语闹聚归牧。
茫然山椒昏，遥见野烧爝。
努力下重阪，渐喜息骇愕。
呼仆无倭迟，明月起寥廓。

八公②憩处

逼城七八里，平山望如黛。
有石攒遥青，参差亘山背。
挺姿各奇秀，位置更潇洒。
雅宜松竹邻，静与梅花配。
可以延凉风，清谈有余快。
因之游高人，穆然起邂会。
尘襟廓以消，恍陟蓬山界。

---

① 原注：相传自筑坝决湖，入水口遂为田。左右皆陡冈，中亘涧道，双合山所由名也。涧在山南，山南四五里皆乱冈峻坂，山北亦然。顶平如砥者约十里，墩有五六，远近不等。西下团仓，北走白塔，东北走杨山、赵八冈。

② 八公：指西汉淮南王刘安八位门客——苏飞、李尚、左吴、田由、雷被、毛周、伍被、晋昌。县南八石山，又名八仙山、八公山，传因八公在此休息过而名。

蚩蚩者谁子，乃好谈神怪。
何用八公来，且喜八石在。

明伦堂课士作诗一章以示劝勉

丰观堂上额，要旨在伦明。
洵为民彝重，敢将制义轻。
五经开厥路，四子定其程。
欲造词章妙，当凭讲究精。
延师崇雅正，择友远骄盈。
日夕无荒戏，春秋矢迈征。
心专嚣自息，理熟险都平。
动笔菁华发，观文悦怿生。
品堪登矩矱，声乃叶韶英。
显擢推才识，微窥见性情。
铨曹收实用，黉序勒贤名。
修业于今始，升阶以渐亨。
勖哉勤课艺，慎勿负衷诚。

游药师寺（在龙山下）

幽寻何处好，禅院敞新晴。
守护龙初吠，扫花僧出迎。
当庭山气爽，入座竹风清。
鸟亦知留客，绵蛮几啭声。

诗意永阳

赋得土肥稻垄看深耕（孙臬宪①观风来安试题限肥字）

绿野烟开霁色晞，欣观骏发众祈祈。
犁翻旧壤知金利，蕹化新膏识土肥。
身趁锄行斜更摆，笠随风举侧将飞。
程工具见深耕力，遍给清醪许醉归。

朝阳春色

登陟欣逢山向晴，幽闲兰若蔼如迎。
林开宿雾禽声乐，门掩春风梵呗清。
竹色映阶和石冷，花光夹路照霞明。
禅家也识寅宾意，寺号朝阳②最有情。

漳营晴晓

重冈历尽曙光开，巨镇峥嵘入望来。
千灶炊烟萦里闲，一轮旭日晃楼台。
溟濛树色微含雾，噂沓车声远殷雷。
生齿正蕃兵气静，任他戍垒长莓苔。

---

① 臬宪：明清时称按察使为臬司，或臬台、臬宪。
② 朝阳：朝（cháo）阳寺，在县东的西龙山，今有两株银杏树在，树龄800年以上。

水口舟航

江流远达石桥头，廛市参差扼上游。
帆过疏林来影疾，橹摇隔岸欸声柔。
门悬酒旆知酤店，屋袅炊烟认宿邮。
每到潮平闻语闹，沙堤骈集贾人舟。

沙河月夜

暮经村渡暂夷犹，人静泉鸣景转幽。
夹岸晴沙铺似练，隔林新月挂如钩。
虽无酒舫游清夜，时有渔罾候急流。
伫玩波光见星汉，问津吾欲探源头。

舜哥览胜

宅幽势峻力跻攀，来访虞姚天子山。
林密村居和日隐，草深禅室带云关。
乱峰盘郁陶渔远，古墓苍凉木石闲。
独有箫韶如在耳，樵歌不断涧潺潺。

固山秋眺

此山曾纪产驺虞，为值秋晴暂驻舆。
攀石磴惊莎草滑，陟天门仗葛藤扶。
泉枯深穴埋黄叶，烟冷虚堂积绿芜。
欲访灵踪难借问，不禁瞻眺重踌躇。

琉璃古井（井已久湮，伍侯①捐钱重浚，汲者丛集）

九韧功深洵足嘉，一泓仍发旧生涯。
汲关朝气天涵碧，印入晴晖日浴华。
源净只缘通玉液，味甘还揣伏丹砂。
我侯无乃忧民渴，为浚灵泉润万家。

题赠贡士程颍江八十寿

容光渥若映明霞，寿冠来城誉更奢。
伏胜有书传魏阙，宋纤无意住京华。
执经子姓环朱履，问字英贤集绮车。
更睹称觞仪物备，果然礼乐出名家。

（以上十三首均选自雍正十三年《来安县志》卷之十二《诗歌》）

梁承祐 清代滁州学正。

来安道中②

淮南地近六朝山，未得寻幽半日闲。
野店溪桥尘冪羃，石田茅屋路湾环。
暂留冰署销烦喝，行觅清泉解醉颜。
指点龙窝苍翠远，夕阳影里一僧还。

---

① 伍侯：指伍斯璸。
② 原注：时过雪村项先生留饮。

赠孔丽九①明府

秀毓尼山泗水涯，照人风格赤城霞。
球图彝鼎规三代，典礼文章萃百家。
膏泽散来成雨露，天渊思入吐精华。
淮南小试经纶手，春色先开满县花。

（以上二首均选自雍正十三年《来安县志》卷之十二《诗歌》）

阮兆麟　清代临淮令。

子秋过水口早发

年来频耐五更风，睡起驱车信路通。
露湿征衣浑欲白，烛残邮馆尚摇红。
前村山色横新黛，远寺鸡声杂晓钟。
为解薄游闲更好，未妨随地一从容。

（选自雍正十三年《来安县志》卷之十二《诗歌》）

张一俊　清代滁州学训。

咏梅花寄怀雪村项先生

翛然高寄岁寒中，一种幽闲迥不同。
铁骨偏能标古意，冰心岂肯媚春风。
惯经霜雪尘难染，尽洗胭脂色本空。

---

① 孔丽九：孔传橿，字丽九，山东曲阜人。雍正十三年（1735）署来安县事。

遥想来阳花信早,朗吟相赏署斋东。

(选自雍正十三年《来安县志》卷之十二《诗歌》)

武　彩　来安县人,清代廪生。

春日游朝阳寺

东南一望清心目,兀突晴峰插翠微。
人在下方冲日上,鹤从高处破烟飞。
林深涧落寒侵骨,门静花开色照衣。
欲识蓬莱今便是,更于何地学忘机。

(选自雍正十三年《来安县志》卷之十二《诗歌》)

骆　昙　清代滁州庠生。

龙泉云气

白云叆叇覆灵泉,中有龙潜莫纪年。
似欲为霖兴黍稷,几回嘘气布山川。
一行鸟下溟濛树,四绕人耕优渥田。
遥望郁葱环古刹,浑疑此境近瑶天。

王母仙踪

争传王母宴群仙,何事踪留浅水边。
讵有鸾飞红树下,却传云驻碧峰巅。

不因休咎修人事,却指浮沉卜纸钱。

龙尾桥①头春稼茂,为瞻仙阙祝丰年。

(以上二首均选自雍正十三年《来安县志》卷之十二《诗歌》)

朱 恬 来安县人,清代庠生。

水村冬日苦雨寄张太璞代简

漠漠村墟冷,寒烟四望飞。

路从深水觅,行趁落潮归。

一日晴难必,三秋信总违。

浑如鸥羽湿,振刷待朝晖。

石固呈祥

石固传名历岁年,巉岩千仞矗云天。

驺虞已献扬休颂,芝草还留奖孝篇。

山瑞久开前代秘,地灵更待盛朝宣。

层峦郁郁钟佳气,会见嘉祥耀史编。

(以上二首均选自雍正十三年《来安县志》卷之十二《诗歌》)

---

① 龙尾桥:在老城东门外,亦称银锭桥。

贺　芳　字湘芷，来安县人，廪生，清雍正间上舍生，有《学圃诗文集》。

东璧楼望滁西南诸山（应臬宪观风题）

高倚谯楼万象开，西南山翠欲飞来。
岭横天际明于黛，塔隐烟中矗似桅。
出谷碧云舒复敛，拂林白鸟去仍回。
琅琊深秀堪神往，作赋惭非永叔才。

（选自雍正十三年《来安县志》卷之十二《诗歌》）

韩梦周　字公复，号理堂，山东潍县（今潍坊市）人。清乾隆丁丑（1757）进士，乾隆三十一年（1766）任来安县令，嘉庆三年（1798）卒。著有《易》《春秋》《大学》《中庸》注解，有《诗古文制义》行世。

淡香亭宴集，以称心而谈人亦易足，为韵分得心字

仆本山中客，试作山中吟。
山中多白石，拂烟弹素琴。
寒云出峡冷于水，苍松压壁横秋阴。
北风吹瓢声满耳，有酒欣然还独斟。
何来作客到江介，风尘漠漠相侵寻。
封邱随时悲高适，远游无计追向禽。
芥子功名亦可丑，何异海若当蹄涔。
关山北望渺烟雨，模糊岱麓空沉沉。
朝来门吏忽挝鼓，朝命罢职归山林。
此时养疴正高卧，霍然疟止披衣襟。

郝君好奇兼好客,烟霞怜我能知音。
淡香亭畔聊置酒,八公山色城头临。
此亭结构三百载,花石荒古娱人心。
到此心迹已寂寞,何况故山一曲敌千金。
我醉作歌歌未已,离思忽觉同商参。
君不见满林霜叶鸦啼晚,西崦落日驰骎骎。

留别徐又陶

江左风流烟月新,高标物外见斯人。
峭寒华岳莲成色,跌荡天门马有神。
柱渚兰生多寄远,小山桂落忽沾巾。
情怀应是侪嵇阮,隔绝寰中十丈尘。

(以上二首均选自道光十年本《来安县志》卷十三《艺文志》)

张　瑀　来安县人,清乾隆丙辰(1736)恩贡。"旧十景""新十景"俱有诗,未能悉载。以下七首均选自雍正十三年《来安县志》卷之十二《诗歌》。

琉璃日影

谁辟灵泉古寺东,水纹浴彩日方中。
非关地醴源初浚,应是天潢派别通。
色借紫微华盖映,光分黄道庆云笼。
重瞻勿罴知孚远,受福还应万载同。

顿邱^①秋眺

邱势如龙顾邑城，俯临原隰供盱衡。
环郊羃羃松筠秀，嗽石粼粼沙水清。
去雁影随孤岫隐，落霞光映远村明。
即今四野歌丰稔，登眺还须沃巨觥。

王母仙踪

城东景色郁苍苍，传说仙踪已渺茫。
水绕凤矶闲自漱，花开龙涧淡逾香。
谁逢曼倩供桃实，几见双成酌羽觞。
愿得一天新雨泽，瑶池满泛即琼浆。

嘉山览胜

叠嶂层峦势蜿蜒，阴阳瞬息幻云烟。
丹萝翳日危岩外，乔木参天古刹边。
麓隐乱樵声杳霭，巅留荒垒草芊绵。
东南一望群山小，匝地闾阎巨镇连。

水口风帆

百川南汇接清流，桥畔垂杨古渡头。
暮雨垂空维小艇，朝烟映日解轻舟。

---

① 顿邱：亦为顿丘，位于新安镇城东赵坝境内，东晋元帝司马睿曾侨置顿丘郡，顿丘为郡治。

片帆远落桃花市，双桨横飞蓼叶洲。
每听商人催棹发，几声欸乃韵悠悠。

石濑游鱼

濑穴玲珑咽碧流，嘉鱼结队意悠悠。
金波漾漾银鲂跃，清渚泂涵赤鲤游。
竞唼落花频吐纳，争嘘飞絮倏沉浮。
群鸥日日闲来往，钓叟忘机不下钩。

八石遗枰

八公曾聚此名山，遗下棋枰草树间。
来自壶中乘鹤降，去从橘里驭龙还。
弈时定见柯全朽，坐处长留石不顽。
安得提携餐玉液，尘客顿令化童颜。

武毓璿 来安县人，清代庠生。

游老天寺（四之一）

隔岭先神往，入门更爽然。
种花无国税，饭客有蹚田。
游鹿随樵牧，鸣鸠绕几筵。
何当终日坐，玉版听谈禅。

游贴山寺

昔年两度曾游此，今日攀援已第三。
绕径疑登新福地，入门喜见旧瞿昙。
细尝山茗听禽坐，偶揭禅经对佛谈。
却恨尘根消未得，斜阳衔岫促归骖。

（以上二首均选自雍正十三年《来安县志》卷之十二《诗歌》）

周道贵　清代湘北庠生。

十景诗（载七）

其一·琉璃日影

古井澄波光映日，漱芳碑记至今传。
若逢陆羽亲斟酌，品作人间第几泉。

其二·沙河带练

曲岸晴沙绕碧流，波纹蹙似练光浮。
浑疑龙女曾居此，遗下鲛绡尚未收。

其三·玉石霞光

奇石磨追石斓然，周环古刹照林泉。
岩深仙客时迷路，树老僧人不记年。

其四·王母仙踪

咫尺蓬莱望眼迷，步虚声里降仙姬。

不知周穆①多神骏，曾否乘风御此池。

其五·舜哥樵乐

山绕幽禅隔世尘，呼名小鸟解留宾。
坐中下瞰诸峰尽，树色岚光满目新。

其六·龙泉云气

吴头楚尾足登临，表里江淮一望深。
云影重重似楼橹，山光滴翠满衣襟。

其七·五湖环秀

绿树荫浓接远村，环山烟雾暗黄昏。
茫茫昔日湖中水，化作贤侯不竭恩。

（以上七首均选自雍正十三年《来安县志》卷之十二《诗歌》）

周道广　清朝人，字紫衡，周濂季子，由明史馆议叙分发甘肃。有《桐溪诗集》四卷。卒于甘州同知任上。

五湖秋月（赫制台②观风首扳③）

杳渺湖光暮霭收，当檐明月挂新秋。
山含淡色云沉壑，竹弄清辉影满楼。

---

① 周穆：周穆王。据《穆天子传》记载，周穆王曾坐8匹日行3万里的骏马，西游至昆仑山遇西王母。
② 制台：清代总督的别称，尊称制宪。
③ 扳：通"攀"，攀谈、攀附的意思。

宿鸟呼群依密树，归农结伴过平畴。
遐观触起乘槎志，便欲凌波访十洲。

（选自雍正十三年《来安县志》卷之十二《诗歌》）

张朝宁　来安县人，清代庠生。

琉璃日影

古井重开细品尝，如从玉洞嗽琼浆。
邑人莫诧琉璃影，须识清泉蕴味长。

（选自雍正十三年《来安县志》卷之十二《诗歌》）

周家相　字睿全，清朝来安县人，岁贡生，精占卜。

龙泉云气

涧底泉枯欲起尘，尚腾云气亘空旻。
凭谁呼醒骊龙睡，大布甘霖活万民。

（选自雍正十三年《来安县志》卷之十二《诗歌》）

武家彦 来安县人，清乾隆二十一年（1756）丙子科举人。著《养性堂诗文集》。

偕友宿龙窝寺①

落日明西岭，相携访翠微。
涧回寒潦洑，山静暮禽归。
古寺参差合，残烟黯淡霏。
僧情能不俗，珍重欻双扉。

（选自雍正十三年《来安县志》卷之十二《诗歌》）

贺　萱 来安县人，清代庠生。

独山②耸秀

重原叠垄气氤氲，陡起孤峰迥不群。
我爱此山方数仞，四无凭倚势凌云。

（选自雍正十三年《来安县志》卷之十二《诗歌》）

---

① 龙窝寺：遗址在今半塔林场境内龙窝山上，距半塔镇7公里。梁武帝大同三年（537）建，久废。今人亦名龙卧寺或卧龙寺。
② 独山：疑在独山镇境内。

严　寅　来安县人，清代增生。

丁　城[①]

峭壁亭亭土一丘，何王筑凿建藩侯。
巍峨似壮金汤势，锁钥无须启闭愁。
城断柝声闻牧笛，堞无骑影见耕牛。
几回独上更楼望，溪水潺潺郭外流。

（选自雍正十三年《来安县志》卷之十二《诗歌》）

朱滋年　字润木，安徽当涂人。清乾隆乙酉（1765）拔贡，嘉庆五年（1800）任来安县教谕。早岁即以诗名世，年过花甲仍终日坐群书中，敲诗削稿，中夜得句，索烛成篇。著有《树堂诗抄》若干卷，选《苕岑集》若干卷。

秋日于役远乡，行箧中有严燕峰《滁志摭遗》并杂录诗文一册，旅夜展诵于弥陀寺中，赋诗题后

远迹出尘市，与世元无机。
秋山送佳色，旷然情自怡。
野莽倏蓊翳，怪石还崄巇。
担夫足跛躄，舆子行倾欹。
人生不得意，平生多颠危。
而况陟荒径，宁无荆棘围。
一编适我适，聊沁心与脾。

[①] 丁城：遗址在半塔镇东南丁城村境内。

先生夙邃养,汲古绠且修。
公车遘微疾,授经淮水头。
自成一家言,万象供雕锼。
桑梓志恭敬,志乘精校雠。
拾遗用补缺,集腋翻成裘。
瑰文溢众宝,高价无与俦。
短才怖河汉,嘉唱何以酬。

古心抱遗直,道胜无痒颜。
孺慕本至性,白发衣斑斓。
恂恂若处子,非义不可干。
有时胸臆中,块垒崇丘山。
推倒万豪杰,阔步沧溟间。
虹霓亘逸气,往往流毫端。
雨青子餐后,盛业终不刊。

道左息尘鞅,徘徊双树林。
明月照虚牖,桂花开檐阴。
幽香满古屋,高文重与寻。
冠以子云笔,典雅珍璆琳。
三复不释手,启我超世心。
既衰愧朴遨,率尔安可任。
微吟永清夜,钟磬方沉沉。

(选自道光十年本《来安县志》卷十三《艺文志》)

武孝钦 字春江，嘉山集（时属来安县境，今属明光市）人，嘉庆戊午（1798）举人，辛酉（1801）进士，任青浦知县。著有《春江赋稿》《二生经赋》。

道旁行

落日古道浮云徂，我行既倦我仆痛。
解鞍下马藉草坐，寒风入树号惊乌。
道旁谁家年少子，敝衣携妇泣路隅。
我前借问何所苦，忍泪吞声不能语。
逡巡拭泪前致辞，含辞未吐声酸嘶。
自云本是高门裔，零落无存旧家世。
当时亲戚尽豪华，连甍列栋人争夸。
女萝抱蔓附乔木，玉树垂荫倚蒹葭。
一朝窄巷无人问，豪门万里天涯近。
赁钱三百迫后催，何处相寻避债台。
清晨乞米艰升斗，暮夜牛衣祇自哀。
漂摇牖户将安托，奔走风尘携细弱。
逢人未诉已伤魂，感君相询始一言。
语到凄酸妻更泣，观者如墙皆太息。
内家兄弟空自多，急难何曾念鸡肋。
膝前稚女素娇惰，败絮相随走荆棘。
似知远去难为情，黄昏暮雨啼啾唧。
我闻此言双泪垂，泪垂不为少年悲。
趋膻附热有时辈，救灾恤死知为谁？
人生冷暖类如此，上马欲行行复止。

（选自道光十年本《来安县志》卷十三《艺文志》）

赵瀛选　来安县人，清代庠生。

常中丞无喧堂故第在今后街即青龙街，久湮矣。因琅琊石刻纪游有云"在来谒常中丞留宿无喧堂"者，感而有作

　　　　　　眺望高城日易昏，青龙何处旧朱门。
　　　　　　春风燕子寻王谢，瓦砾空余蔓草痕。

　　　　　　有客滁山片石镌，曾夸宾塌入游篇。
　　　　　　无喧堂上宵分烛，一夕千秋照后贤。
　　　　　　　　（选自道光十年本《来安县志》卷十三《艺文志》）

周基严　来安县人，清代廪生。

送钟明府归岭南

　　　　　　圣代崇民牧，花封古子男。
　　　　　　神君如卓茂，褒德允无惭。
　　　　　　识曲曾偕旷，编诗偶忆谭。
　　　　　　桂香霏岭表，棠荫遍江南。
　　　　　　一自铜符握，依然竹素耽。
　　　　　　纱厨循吏传，玉尘雅人谈。
　　　　　　宽许奴持烛，清陪佛饮泔。
　　　　　　放衙星屡戴，撤盖暑能堪。
　　　　　　问俗停双旆，乘闲憩一庵。
　　　　　　秋高催买犊，春老劝分蚕。
　　　　　　教士期敦素，衡才奖胜蓝。
　　　　　　甑坏胥浑化，荆棘但包涵。

治剧节无错，怀忱荼亦甘。
庭悬刑有五，心切宥之三。
面面玲珑映，村村雨露覃。
几回书上考，转瞬列朝参。
忽学蜘蛛隐，恒虞鼫鼠贪。
山城罢飞鸟，海岸竟投簪。
归思晨钟动，离情宿酒酣。
庾梅迎烂漫，湘燕送呢喃。
宦迹瓷为枕，生祠宝作龛。
攀辕留画像，须发半鬖鬖。

（选自道光十年本《来安县志》卷十三《艺文志》）

胡　敬　清代仁和（今浙江杭州）人，曾任学使。

重过古城

槐角萎芽满眼前，绿畴行尽见人烟。
山铺十里平于地，村隐千家别有天。
乱石排云成睥睨，断崖裁水作关键。
夕阳荒草当时路，策马从来又一年。

（选自道光十年本《来安县志》卷十三《艺文志》）

符　鸿　湖南益阳人，清嘉庆乙丑（1805）进士，道光二年（1822）任来安县令，道光三年主持编纂第五部《来安县志》。

调任婺源留别来安诸父老

一曲《骊驹》起别愁，攀辕几日为勾留。
已惭张盖光行色，那称加冠表壮犹。
万户抚绥劳共济，百年记载赖参求。
临歧漫洒樽前泪，自有双鱼尺素投。

（选自道光十年本《来安县志》卷十三《艺文志》）

陶誉相　丰润（今河北省唐山市）人，清代滁州尉。

水口夜归来安城

雨后夜归城，残云涌断星。
破桥惊退蹇，暗水聚流萤。
心急路偏远，树深灯愈青。
输他田父乐，儿女话凉亭。

于役来安夜归

平林月黑踏烟还，聒耳虫声蔓草间。
路远共愁双炬短，马疲时怯半塘湾。
星沉水底疑渔火，电划云根讶断山。
却好诗成东郭近，拈来奇景不须删。

古城道中①

小径蚕丛赵八冈，又驱羸马出来阳。
山围石固驺虞杳，地近洪流泽雁伤。
满眼仳俪怜壑殍，惊心风雪镇团仓。
微劳何济苍生事？搔首穷途鬓欲霜。

（以上三首均选自道光十年本《来安县志》卷十三《艺文志》）

刘廷槐 河南汜水（今河南省荥阳市）人，举人，道光六年（1826）任来安县令，继符鸿续修第五部《来安县志》。

仙槎里②秋眺

笑傲凌洲势欲仙，南唐遗迹③自年年。
秋深沛水苍茫里，人立湖山翠秀前。
无复楼台浮蜃气，犹疑村落袅鸶烟。
淮南鸡犬刘安宅，占断桃源洞口天。

群鸥绕舍似浮家，说是人乘八月槎。
浪蹙东塘秋水阔，澜回北海④夕阳斜。
石头幡出无遗垒，芦子⑤戟沉空聚沙。

---

① 原注：时大雪奉檄赴盱眙办赈。
② 仙槎里：在县东20里处，旧志云："相传南唐瓦梁堰筑城时，此地最高，望如云际泛舟，故名。"
③ 南唐遗迹：指南唐复吴沛，里以洲得名。
④ 澜回北海：吴遏滁水筑涂塘，东限魏兵，号北海。
⑤ 芦子：清流关旁石头名。

何若车书逢一统,登临形胜话桑麻。

沧海桑田几度秋,仙槎旧里足勾留。
圩图两岸平如罫①,河汇三叉咽不流②。
频患东南为泽国,最关西北是蛮州③。
雨旸差幸今时若④,观刈非同汗漫游。

(选自道光十年本《来安县志》卷十三《艺文志》)

---

① 此句指来河两岸十八圩,韩梦周曾为图记。
② 此句意思是来河、清流河、滁河合流河道偏曲,雨潦难消成灾。
③ 蛮州:和盱眙、定远交界,棚民错落,谓山蛮。
④ 时若:作者多次因旱潦祈祷城隍神,上"时若雨旸"匾。

古韵今吟

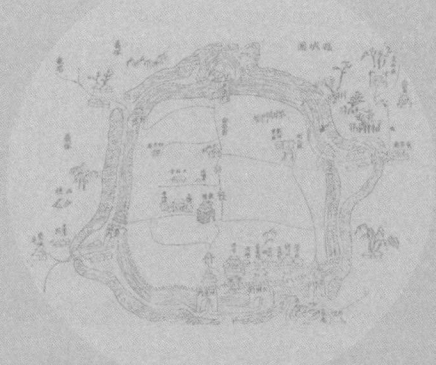

白运河　1938年7月出生于安徽省肥东县，历任滁州报社编辑、中共滁州市委办公室副主任、滁州市政协秘书长。

浣溪沙·来安县舜山镇林桥村见闻

鸟语花香四季春，雪松龙柏逐新年，汪洋绿海耸楼群。　　共建和谐人努力，精研科学地生金，用心建设小康村。

高阳台

恋子湖①边，慈眉舜目，宛如瞭望山川。白鹭岛归来，蜂飞蝶舞花前。人同鸥鹭相亲近，俱忘机，友善盘桓。赏林泉，悦性怡情，益寿延年。　　而今注重原生态，建充盈氧气，绿色家园。打造精心，旅游度假休闲。窗含绿水青山画，常往来，酒圣诗仙。舜歌山又沐南风，换了人间。

卞金邦　1921年9月出生于来安县兴隆乡王集村高郢（今属半塔镇），历任来安县县长，安徽干部学校部主任，安徽行政学院组织处处长、党委办公室主任，安徽工学院党委办公室主任，合肥工业大学组织部部长，安徽医学院组织部部长。

杂诗七首

1946年7月，蒋介石匪帮发动反人民内战，大举向我淮南抗日根据地（皖东）进攻，先后侵占皖东的六合、嘉山、来安、盱眙、天长等县城。我新四军二师主力部队六旅、独立旅和华野五旅，为了集中优势兵力

---

① 恋子湖：原练山水库。

歼灭敌人有生力量，撤退至苏北。蒋匪军和地主还乡团，疯狂反攻倒算，敲诈勒索，搜刮民财，杀害人民，淮南人民处在水深火热之中。1946年底和1947年春，李世农、杨效椿、魏然、徐速之、张百锷、胡坦、孟家芹、李锐、丁明志等先后奉命率领部队和干部武工队打回淮南敌后，开展敌后游击战争。1947年下半年和1948年春，十二纵队司令员程庆先和三十四旅旅长廖成美、政委李世炎，先后率领3个主力部队，挺进淮南，恢复淮南抗日根据地。我和同志们一起，坚持开展敌后游击战争。忆及当年战争情景，历历如昨，作小诗七首，聊表纪实。

收复河东

北湖①水色映晴空，万桨齐飞恶浪中。
水上从容平顽敌，挥戈直下复河东②。

夜渡洪泽湖

漫天风雪浪花飞，夜渡洪湖③奉命归。
舟旋浅滩行不得，乌龙④化险转安危。

---

① 北湖：位于高邮湖宝应湖东北，连接三河、运河。
② 河东：位于高邮、宝应、天长3县之间水网地区。1947年春，杨效椿、徐速之、张百锷、胡坦、孟家芹、杨如新、徐登发等同志率领部队打下涂沟，恢复银集、闵塔，横扫黎城之敌，建立了天高县。这一水网地区，简称河东，是恢复淮南抗日根据地的跳板。
③ 洪湖：洪泽湖。
④ 乌龙：通讯员的名字。1947农历腊月初一，李世农同志调作者回河北，作者带了安兆荣、陈雨标、张芝霞（方浩的爱人）、乌龙等十余人从泗盱办事处（住葫芦套）出发，乘一只小船夜渡洪泽湖东去，开始西北风，后又转东北风，船泊于浅滩中不能行走。19岁的小乌龙主动报名脱下棉裤跳入淤泥中，用力将船推入水中，方转危为安。

广佛山战斗

明月广佛半山秋，影入池塘溪水流。
勇士杀声震山谷，歼灭死敌雪旧仇。

忆张三爷

万山红遍彩云中，绝壑深山有老翁①。
一片丹心向着党，护送健儿出樊笼。

渡淮河进山

三渡淮河六进山，枪林弹雨若等闲。
踏破青山歼尽敌，凯歌高唱万民欢。

---

① 张三爷老两口均60多岁，住在万山西北平山头深山里，只有两小间马鞍形小茅屋，靠砍柴、挖药糊口。1946年8月，蒋匪军和地主还乡团疯狂对我游击队清剿，张三爷掩护乔金保、陈阳山、苗家仁等同志脱险。1948年春，作者带领40余名干部武装活动到半塔一带山区，大部分同志跟着区长何遂之、副区长吴某在半塔集开展群众工作。作者和孙觉（时任北京故宫博物院院长）等5位同志在兴隆集、王家集一带活动，收集敌人情况。不料敌人一个主力营猛袭半塔游击队，何遂之等同志向旧铺方向撤退，进了西山。在敌人疯狂清剿、搜山的情况下，游击队在张三爷家隐蔽了3天，张三娘为游击队放哨、做饭，张三爷到古城、半塔、自来桥探听敌人情况，最后张三爷给游击队带路，护送他们出马头山港。

悼念烈士

凤凰山岳凤凰啾,烈士捐躯十八周①。

浩气长存同日月,名垂史册共千秋。

编者按:以上诗作是作者应当时的中共来安县党史研究办公室之约,于1982年10月交给县党史办,原刊登于《合肥工业大学学报》1964年第1期,作者对文字略有修改,党史办作为内参编印。所有注释均为作者自注。

蔡佩先　1951年10月出生于来安县半塔镇邵集,曾任县商务局副局长。

白鹭飞

恋子湖中白鹭飞,云移林表带朝晖。
汀兰馥郁山松翠,惹得游人不思归。

白鹭岛前白鹭飞,茫茫湖里鱼虾肥。
高朋胜友四方臻,抱水拥云枕翠微。

林木青葱白鹭飞,广寒仙子亦偷窥。
人间老幼流连处,敢赴瑶池请帝妃。

山涧溪边白鹭飞,亭台楼榭满山偎。
诚邀舜帝移尊驾,更遣嫦娥捧酒杯。

---

① 1946年8月,来安县委副书记王化龙(农)、半塔区委副书记张明禄等十几位同志从嘉山县小洪山转到半塔以北马头山港,开展对敌斗争。当王、张等同志到达凤凰台时,由于叛徒周文俊告密,被清剿敌人包围,随后开展了激烈战斗,王化龙(农)、张明禄等十几位同志壮烈牺牲。

琴　韵

两缕银丝系柱上，弦弓进退说宫商。
五音协奏分高下，六律轻调转抑扬。
月映二泉风寂寂，关吟三叠泪滂滂。
二胡虽小功能大，拉尽人间炎与凉。

笛　韵

一支玉竹奏黄钟，妙韵悠扬造化功。
入涧清泉身自洁，出波碧荷脸微红。
扬鞭催马征途远，持节怀书赤胆忠。
牛背牧童梅花落，明皇藏袖见诸公。

喜看机械插秧大赛

机械插秧摆擂台，能人各自展奇才。
一日栽田三百亩，农民从此乐开怀。

陈大为　1969年11月出生于来安县新安镇，祖籍江苏省高淳县（现南京市高淳区）。来安县退役军人事务局公务员，诗词爱好者。

七绝·咏棠梨

十分春色属谁家，柳绿桃红粉杏花。
却讶棠梨真意趣，枝头白雪冠风华。

七律·重阳随感

风轻云淡又重阳,霜叶红薰野菊黄。
逝水伤秋年岁短,登高望远虑思长。
几多归鸟惊尘梦,一缕神魂返故乡。
遥想亲朋欢聚日,且将醉意赋诗行。

七律·2020新年述怀

光阴似箭日如梭,滚滚红尘困苦多。
金玉年华伤荏苒,峥嵘岁月恨蹉跎。
新图欲展追前浪,旧梦将沉逐逝波。
漫漫征途何惧远,余生岂敢叹廉颇。

七律·述　愿

红尘愿得好生涯,尽享田园豆与瓜。
敲玉①莳兰能悟道,吟诗赏画宜品茶。
苦中作乐观秋月,忙里偷闲看夏花。
天若有情心不老,人间何用羡仙家。

排律·碧云湖春行

风和日煦天初晴,探春访胜临碧云。
葱茏木秀群峰郁,潋滟湖光一镜明。

---

① 围棋古谱有《敲玉余韵》,文中代指打谱。

坡上野花香沁腑，枝头新叶色怡心。
径深林静幽蝉噪，蝶舞蜂忙欢鹂鸣。
松涛阵阵知气爽，鸟语声声觉神清。
犬吠遥闻自烟渚，鹭嬉近瞰见沙汀。
帆映远空乘风顺，艇犁白浪凌波轻。
悠悠绿水展长卷，重重青山叠翠屏。
掠影匆匆未尽兴，驻足连连已忘情。
归来追思何所忆，依稀恍若画中行。

归自谣·游子吟

风过处，秋水粼粼寒野渡。夕阳西下归孤鹜。远山隐隐烟笼树。行将暮，愁云掩断天涯路。

浣溪沙二首

人静更阑枕簟凉，空庭冷月色如霜，寒蛩声促漏声长。　　晚酒尽时无旧恨，残花落处有余香，芭蕉弄影上东墙。

烛尽香销更漏残，蛩鸣犬吠夜阑珊，美人独倚阁中栏。　　云暗天高闻雁远，风轻露重透衣寒，月移花影上栏干。

柳梢青·秋　夜

深院谁家，绮窗孤影，明暗灯花。飒飒风吟，幽幽蛩诉，续断琵琶。
夜阑寒透绫纱。玉帘外、梧桐月斜。梦醒无痕，酒醺有恨，犹忆天涯。

行香子·燕子楼

梧叶飘黄,冷月凝霜,桂香时、天气微凉。夜阑人静,独卧西厢。听蛩声急、雁声远、漏声长。　　依稀幽梦,檀郎酬唱,泪潸然、欲诉衷肠。遥传犬吠,惊破黄粱。见烛摇影、帘摇月、树摇窗。

崔通宝 (1966—2018) 自号"不雅斋先生",1966 年 10 月出生于来安县水口镇十二里半街道,祖籍江苏省新沂市。生前系中学高级教师、中华诗词学会会员、安徽省作家协会会员、安徽省太白楼诗词学会会员、安徽省散曲学会会员,曾任来安县诗词楹联学会副会长兼《永阳诗韵》《来安文艺》主编。作品散见于《安徽文学》《国土资源报》《安徽日报》《金陵晚报》《江淮时报》《滁州日报》等报刊。著有长篇历史小说《郭嵩焘》、长篇人物传记《奔驰人生》(与徐峰合著)、散文集《远方星空》和诗集《板桥意象》。《郭嵩焘》荣获"首届滁州文学艺术奖"小说类三等奖,短篇小说《问题结婚证》荣获"安徽省2014年中短篇小说对抗赛"优秀奖、"第三届叶圣陶教师文学奖"提名奖。2018 年 6 月 29 日因患胰腺癌病逝。以下作品选自《板桥意象》和《永阳诗韵》。

冬谒新四军二师烈士纪念林

法梧叶脱劲松翠,黄冢几丛埋国殇。
勒石无名成烈士,舍生取义是儿郎。
悠悠云下大刘郢,瑟瑟风吹旧战场。
霾雾漫天散将尽,千枝香菊向朝阳。

癸巳正月十三来安花灯巡街

长街但见龙蛇走,锣鼓声催彩袖飞。
十里八乡辏闹市,千家万户启金扉。
阳光笑脸惠风好,碧落彤云紫气垂。
古邑新天看不足,来安大地尽春晖。

冬访苏郢新村

梧叶凋零楼舍新,雕梁画栋似鱼鳞。
庄前碧水涟漪小,屋后绿苗颜色纯。
天远云闲连瘦岭,菊黄松翠间青筠。
两三童叟倚门戏,仿佛村氓尧舜人。

五月槐香

满眼芳菲草木鲜,刺槐乘势碧连天。
屋前老树绽新蕊,窗外清香染翠烟。
时听黄莺鸣上下,闲看幼子舞蹁跹。
乡村五月好风景,伏案再吟诗一篇。

简单村居

山村秋暮鸟喧哗,落日穿篱照菊花。
童子有心玩幼犬,邻翁无事品清茶。
一檐玉米作冬食,数串红椒挂我家。
任尔大都多现代,无须赶集逐繁华。

皖东银杏王

屹立青山不改颜,历经磨难志弥坚。
鸟来鸟去知多少,朝败朝兴隔几年。
闲度春风转秋月,惯看沧海变桑田。
两间苍莽云烟净,再写千秋大雅篇。

访永安桥

江淮五月绿如潮,裴集①街东访古桥。
碧柳两行随岸远,清波十里任舟摇。
晴明黄鸟啼欢乐,烟雨蓑翁钓寂寥。
横卧苍茫四百载,龙钟老太硬承祧。

东寺西寺遗址

东西双寺在何处,碧水两边残瓦中。
曾有山僧言谶语,更邀佳士撞洪钟。
迎风招梦几竿竹,临水护禅一片松。
三两樵夫回首笑,青山依旧夕阳红。

仲秋探龙窝寺遗址

山色苍茫新雨后,青苔满地草连天。
嶙峋乱石路何在,错落断砖寺尽残。

---

① 裴集:指来安县独山乡。

寒潦井边寻野果，凤凰台下濯清泉。
禅林空剩龙窝在，松竹风云各自闲。

白鹭岛赋

自来邑西北行二十里，青峰叠翠，碧水横呈。有山斜入清波，形如半岛。又每于春夏之交，万千白鹭，鼓翼而来，或栖于松梢，或戏于水面。故此地得名白鹭岛焉。

丁酉初秋，不雅斋先生驰车而至。晨曦初上，玉露未晞；彤云浮动，金风乍起，白羽翔而碧空净，山松翠而野径迷。鹭岛幽寂，到此自可息心，风景旖旎，望去无不可人。徜徉仙境，欲生羽化之想；忘却三界，觉有返璞之真。尔乃天远云低，视线遥接天涯；桂开菊放，馥郁直随脚跟。一涧清幽，微风碧浪相接；漫山红绿，枫叶青松共存。

若夫东岭日升，绿树尽染红晕；西天霞落，波面满铺霓裳。此则鹭岛之朝暮，溢彩流光。白练横空，只见雾障碧峰；素辉遍地，宜赏烟笼垂杨。此则鹭岛之昼夜，明暗温凉。俯察则澄波漾玉，锦鳞化龙，山花红紫，岸芷芬芳；仰观则碧天如水，青云堆絮，野鹜低飞，白鹭高翔。此则鹭岛山水之异景，可谓绝妙无双。更有万花满坡，翠蔓岭表，霜枫醒目，霰雪压枝，此则鹭岛四时之变化，可谓仪态万方。

至于邑人纷然而至，沿湖漫步；雅客迤逦而来，踏岸清唱。渔者抛钩，意在垂钓山水；情侣散步，梦想牵手远方。游湖桨声咿呀，一二画船；饮客笑语喧阗，三五茶庄。余自独行，徘徊山岛幽径；神清气爽，小坐赏鹭雅亭。满心惬意，思绪飞扬，遂不自禁而放歌曰：

生逢盛世兮运吉祥，衣食无忧兮体安康。
鹭岛徜徉兮赏风光，老骥矫首兮梦犹长。

歌毕，步入茶庄，抱清茗半壶，燃香烟一根。观白鹭几只，盘旋而下；赏湖面游艇，冲波而飞。朗日在天，澄湖在地。湖天之间，云鸟山树，各得其宜。不知世间，尚有何种事情胜过如此之秩序，尚有何种心情胜过如此之惬意。良辰美景俱在，赏心乐事同来，不有诗咏，何伸雅怀？故吟小诗，以表心迹。

半岛玲珑浮碧波，山光水态两相和。
重峦深涧摇松影，画舫明镜旋鹭歌。
舜帝拨弦弦婉转，黎民起舞舞婆娑。
烂柯故事不须问，品茗茶庄喜乐多。

戴朝儒 1928 年 8 月出生于来安县，退休教师。曾任来安县屯仓中心小学校长、西武中学教导主任、南沛小学校长。

记 "5·12" 汶川八级地震

汶川地震人间罕，百里城乡土一坍。
路毁山崩霍雨恶，楼倾屋塌痛心酸。
三军天降急营救，十亿同舟渡难关。
妙策英明夷险局，拯民火海建家园。

环卫工人颂

东方欲晓启明高，环卫工人任怨劳。
戴月披星街道扫，栉风沐雨垢污挑。
严冬冰雪挥锹撮，盛夏尘灰洒水浇。
创建文明甘奉献，朝朝暮暮赤心掏。

春燕启示

春燕衔泥筑巢居，卵生众子哺幼期。
终日捕粮频往返，一旦毛丰离故枝。
比翼乘风惬意去，空窝寂寞景沉凄。
雏鸟展翅毋忘本，儿行母忧应有知。

方家新 1938年生，来安县人。1957年师范毕业，先后在中小学任教，县教育部门、人社部门工作，1980年退休。

今日汊河镇

太平盛世欣欣荣，重镇今昔大不同。
旧貌伴随时荏苒，新区一派气恢宏。
沪宁企业来群凤，汽配建材跃二龙。
全面招商呈硕果，南门一片闪霓虹。

农民实惠多

改革丰收果，农民实惠多。
种田早免税，优费治沉疴。
贫女有书读，鳏夫安乐窝。
倾农好政策，犹似日风和。

永阳今昔

古邑永阳名不扬,东西南北二里长。
街心青石坎坷路,草瓦参差小矮房。
驴驮遗粪板车挤,肩担卖货叫声狂。
而今楼厦群林立,幢幢小区气势昂。
宽阔通衢蛛网结,路灯夜照亮堂堂。
车辆的的川流过,摩托嘟嘟满道旁。
多路公交行便利,数处林园娱乐场。
新城南徙规模大,明日来安更闪光。

家

门前菜园竹篱笆,谷物蔬菜夹豆瓜。
春来桃花红似火,夏至芙蓉白无瑕。
秋天柿子满枝挂,冬日石榴露红牙。
环境优美人心爽,花簇果硕傍吾家。

文明祭祖

时值清明天气晴,鲜花美酒祭深情。
文明祭祖新风尚,不化冥钱不扎灵。

冯玉坤 1950年7月出生于来安县新安镇。1968年下放农村，1970年入伍，1976年回到来安县，在企业先后担任党、政主要领导多年，2010年退休。以下诗词分别发表于安徽省诗词学会的《炳烛诗词》，滁州市的《醉翁亭文学》《琅琊诗词》《明光诗词》《天长诗词》《永阳诗韵》等刊物以及《新滁周报》《来安报》。

赞来河景观带建设

千载来河四季流，精心整治景观幽。
一川碧水映沧溟，两岸红花衬绿洲。
亭榭翠微藏画舫，草坪曲径绕琼楼。
凭栏远眺长堤秀，更有新城眼底收。

七律·小李庄印象

气象非凡小李庄，祥和一片沐朝阳。
楼房连栋透灵秀，花木比肩散异香。
荷叶半塘游锦鲤，稻田满眼看青秧。
共同富裕人民乐，美好乡村奔小康。

游尊胜禅院

气朗风清新雨后，山岚水澈草连天。
百年银杏摩苍冥，千载名泉映碧山。
坡上碑亭拥宝塔，炉前花木掩残垣。
不闻暮鼓晨钟响，但见云飞野鹤闲。

赞扶贫队员

跋山涉水进村屯,访困询贫探起源。
深入田头查绿粟,细研方略觅金盆。
招商兴企拓财路,联网销售启福门。
精准扶贫期决胜,小康在望拔穷根。

丙申霜月登石固山远眺

萧萧故垒荻花秋,千古兴亡一望收。
时代欣开新日月,风流翻去旧王侯。
舜歌樵乐余音绕,带练沙河碧水流。
阅尽沧桑豪气在,笑谈过往看神州。

浣溪沙·春

嫩柳如烟四野花,旧事堂燕正营家,杜鹃啼血唱山涯。　　昨夜东风和细雨,今晨冬草绽新芽,村姑巧手摘春茶。

渔家傲·忆戍边

塞北长空云漫漫,边关大雪随风乱。鼓角硝烟似未散。千嶂暗,古墙残堞巉岩冠。　　独石雄姿红日灿,青春戎马白河岸。剑胆雄心豪气悍。抬眼看,军旗如火冲霄汉。

忆江南·夜哨中秋夜

中秋夜，胡月照关山。前岭野狼声颤颤，后崖深涧水潺潺。哨位影孤单。　　思亲倍，有泪不轻弹。壮士戍边疆上立，爷娘守业腹中酸。月夜望江南。

破阵子·山乡巨变

昔日穷乡僻壤，今朝无限风光。茅屋土墙均不见，玉宇琼楼扮靓装，通幽花木香。　　网络交联世界，农机助力禾桑。环境优先山水秀，精准扶贫富四乡，梦圆奔小康。

高　峰　1956年5月出生于来安县施官镇，中学教师退休。

来安新貌赞

今日来安城，范围数倍增。
市区大扩建，楼厦多高层。
西北豪华貌，东南锦绣风。
和谐新富县，傲然立皖东。

迁居来城有感

和　睦

来城择雅境，乔迁得比邻。
福地能人居，美景游客临。
为邻情意热，如友由衷亲。

互助同关照,颜笑众称心。

幽　雅

住楼有利民,空气长年清。
谈笑多贤士,往来皆贵朋。
四时居境雅,八节宅区宁。
花色缀房秀,草颜映户青。

境　美

门卫守职严,居民家安全。
角亭浓荫立,清流小溪边。
游乐老少至,舞场伴花鲜。
天空蔚蓝色,散步互聊天。

五绝·教师节献歌

血润红花艳,汗浇桃李芳。
智培儿女技,德育栋梁材。
知识受传承,多才博学能。
光荣无愧职,守好美名称。

高　俊　1967年10月出生于来安县施官镇,从事农技推广工作。

赞来城小吃

来城小吃一条街,美味多种各色排。
顾客盈门争夸口,财源不断滚滚来。

新鲜食品人皆喜,特色佳肴胃自开。
经营有道惠民众,文明服务暖心怀。

城北公园游感

公园里面好风光,树木葱茏花溢香。
湖水沏清波荡漾,画舫轻浮任倘徉。
草坪柔软苗鲜嫩,鸟语歌声唱新腔。
游客携幼扶老逛,亲近自然意味长。

来城景点选粹(三首)

其一·体育广场

来城体育有广场,建设新时貌辉煌。
美化设施强体质,飘香草卉映祥光。
人闲休息来娱乐,众舞狂欢利健康。
老幼芳华同聚艺,开心各自演专长。

其二·法治公园

法治公园立意新,宣扬道德教人民。
扫黄打黑民安乐,除恶弃邪各自珍。
华夏文明传世界,核心价值育精神。
贤能所作多廉洁,标树英模众效行。

其三·蝴蝶公园

蝴蝶公园建永阳，自然景色满春光。
依山绿荫松榆茂，傍水亭台花草香。
幽径迂回人散步，长廊弯曲众乘凉。
聆听树上鸣群鸟，合唱来安好地方。

贾龙新村赞

民族新村看贾龙，环境美好誉皖东。
路旁楠树枝叶茂，园里海棠花朵红。
楼房建筑风格异，矼道纵横四方通。
碧水蓝天环境美，三农政策盖世功。

高崇良（1949—2019），江苏省南京市人，1970年1月作为知青下放到来安县汊河公社（现汊河镇）；1971年5月始在来安县革委会政工组工作；1977年8月始在来安县委组织部工作；1997年4月始历任来安县委常委，组织部部长，县政协副主席、党组成员；2010年3月退休后担任县老年大学校长、县诗词楹联学会常务副会长。

来河新曲

沙河带练展新姿，一坝横呈波不漪。
柳拂兰亭蒸玉气，径连霞蹬抱金陂。
双桥枕翠自成景，千羽寻芳更唼枝。
谁正轻摇舟一叶，水天红袖画中诗。

舜山镇新农村赞（三首）

其一·林桥村

花木文章争上游，山乡处处景观优。
纵横大道灯光灿，粉黛琼楼藤蔓稠。
芳圃流金惊老眼，雅亭添福赏新猷。
剪绿裁红八方送，一座林桥通九州。

其二·复兴村

林立层楼玉柱镶，玲珑篱圃百园芳。
樱花遮道树遮屋，鸡鸭满栏鱼满塘。
古朴含情招凤鸟，野池有意鉴沧桑。
心怡最是昔耕处，万顷林涛鸥鹭翔。

其三·和平村农民公园

谁说农家不爱花，村头造景绽奇葩。
金风习习篁摇韵，荷叶田田鸭逐虾。
曲径儿童寻蟋蟀，长廊翁媪话桑麻。
广场每晚起音乐，舞影翩翩乱月华。

半塔烈士纪念碑前

塔山脚下漾清波，肃立碑前思浩歌。
先烈忠魂悬日月，开来继往后生多。

硝烟散去此安家，座座丰碑披彩霞。
碧血染红花万朵，英魂依旧系中华。

侯静波

在侯静波烈士入党 71 周年，也是其第 71 个祭年之际，特作此诗，以表敬慕之情。

荣华富贵是泥瓯，救国从戎义气遒。
扫闾犁庭何惧死，巾帼扬眉笑孔丘。

探龙窝寺遗址

竹树森然覆短垣，野苔遮径兽留痕。
参差古寺难寻迹，叆叇浮云又过墩。
断石残碑能证史，晨钟暮鼓尽封言。
知情惟有九天月，昔日常临禅院门。

奉命理县老年大学有感

岂可余生坐楚城，应思梁灏未辞征。
心移皓首羞晨日，情系黉门唱晚声。
伏枥不输秋色老，扬鞭更致昔年诚。
春蚕百代贞堪许，日暮桑榆烛照明。

忆秦娥·来城新区

创伟业，来城展拓开新页。开新页，红旗扬冀，激情思躐。铲车吊塔无休歇，群英挥汗长飞捷。长飞捷，高歌猛进，古城飞越。

醉花阴·汊河新城

麟阁凤楼滁水绕,十里长青道。盛铺接金陵,灯火联辉,恰似双城抱。　　当年僻壤难温饱,总羡江苏好。今日凤凰栖,势趁东风,打造桥头堡。

高秀堂 1940年9月生,江苏省江阴市人,大专学历,1959年9月参加工作。先后担任来安县委宣传部宣传科科长、来安县委办公室副主任、来安县人民政府办公室主任、来安县人大常委会副主任等职,2001年5月退休。退休后曾担任来安县关心下一代工作委员会副主任、来安县诗词楹联学会会长。

赞来安工业园区

园区工业气轩昂,环境清幽独心匠。
项目高科九足金,热销产品三江畅。
平安诚信感商家,政策从优企业旺。
强县富民方向明,来安崛起有希望。

汶川地震

山崩地裂震魔狂,天府黎民遇祸殃。
噩耗飞传四海急,哀音急发五湖伤。
千军统领抗灾害,万众同心卫泰康。
举国含悲齐奋力,终将墟场换新庄。

抖空竹

几支空竹嗡声响，玩友悠然展艺芳。
猛虎腾挪娱五岳，蛟龙飞舞闹三江。
大鹏亮翅雄姿显，孔雀开屏妙影张。
意气形神全贯注，心情快乐体安康。

高增权　1931年11月出生于来安县施官镇，小学教师退休。

美猴赞

齐天孙大圣，美玉孕灵根。
钻入妖心腹，冲开狐洞门。
鬼魔无活命，精怪俱丧魂。
白骨原形现，乾坤正气存。

喻孝（三首）

其一·羊羔跪乳

羊羔自知孝慈母，跪在地上来吸乳。
借此举行来报恩，深感亲娘产时苦。

其二·乌鸦反哺

乌鸦产卵孵幼雏，待子长成母力无。
只能困居在窝内，全靠儿女来喂扶。

其三·乌鱼孝母

乌鱼敬孝美名扬，母产儿时目失光。
不可出游自觅食，子将己体喂亲娘。

高志超 1920年11月出生于安徽省全椒县，1939年参加革命，并加入中国共产党。先后在来安县顿丘乡、周球乡、屯仓、黄泥岗等地参加革命活动，后到新四军建设大学工作，解放上海时任接管专员，离休前任上海司法学校副校长。

抗战回忆之一

学子救亡大别山，随军东进到来安①。
炎天扫灭屯仓乱②，寒夜锄奸战士顽。
艰难游击戎衣旧，热烈宣传父老欢。
踏破铁鞋有觅处，红旗招展换新天。

编者按：注释为作者自注。

---

① 1939年作者参加了新四军江北游击队，后随军东进，先后到了来安和甘泉两个抗日根据地。

② 1940年5月，反动土顽在屯仓举行暴动，杀害我方干部十多人，后被我武装力量镇压。

顾厚信 （1942—2020），安徽省定远县城东乡人，自 1958 年起先后在定远县、天长县（现天长市）、全椒县汽车队工作，20 世纪 70 年代曾参加支边，1988 年始任来安县汽车站站长。热爱京剧、书法、诗歌，参加过市、县书法展览并获奖，退休后曾任《永阳诗韵》编委。

来城郊外

绿肥红润柳正阴，莺歌将收遍地金。
春来春去催人老，花开花落满霜鬓。
半生拳拳家国事，多年耿耿企业心。
雁留爪印空自许，聊赋浅诗作知音。

谒皖东烈士陵园

皖东圣地半塔山，烈士雕塑耸云天。
将领云集抗顽寇，勇士战绩九州传。
忽报敌酋身遭绑，天兵神将笑开颜。
梦圆神州载史册，先烈长眠翠柏间。

何席章 （1943—2020），来安县新安镇人，毕业于同济大学城市建设系。于 1968 年 12 月参加工作，历任中共凤阳县委副书记、凤阳县政府县长，中共来安县委书记，滁县地区行署（滁州市）副专员，滁州市政府副市长，滁州市政协副主席。

新来安城

宏图大展气象新，放眼南郊喜煞人。

大道纵横镶树木,高楼栉比抵星辰。
公园碧水映修竹,文化长廊毗芳邻。
古邑千年今巨变,来安百姓更精神。

来安美好乡村礼赞(三首)

其一·舜 山

美好村庄绿树丛,林桥苗木郁葱葱。
百思德业大手笔,科技园林建设中。
六大功能规划实,百万葵园目标宏。
农耕文化供体验,休闲观赏乐融融。

其二·张 山

曾经坚持粮为纲,如今多产是方向。
产业结构大调整,优先富民好主张。
果园引来旅游热,蔬菜丰硕季季忙。
汽车电脑村村有,改革奋进永不忘。

其三·汊 河

滁河清流穿镇行,隔岸灯火便金陵。
岁月论述沧桑路,改革开放天地新。
产业兴镇招商聚,市场开拓人气赢。
座座高楼拔地起,承接转移闹不停。

春雨二首

轻抚幽草西涧行，静观远处瀑布吟。
春雨蒙蒙润肺腑，山色葱茏醉游人。

喜雨绵绵浸五更，朝阳喷薄满城新。
青山碧水神州乐，今年又是好收成。

何永彭 (1925—2018)，字逸飞，来安县人，长期从事教育工作，在滁州市第二中学离休。有诗词作品入选《当代中华诗词家名录》《全国诗书画家精品集》，曾主编《华夏才女诗词精选》。

咏 竹

渭川隐逸淇园好，潇洒天然远俗尘。
志节凌云孤介士，七贤笑傲独相亲。

虚怀若谷节有刚，夏日炎炎频送凉。
永与松梅为挚友，高山流水赞幽篁。

雅称君子屈居三，蔑视虚荣岂等闲。
高尚情操人景仰，霜欺雪压不知寒。

湘妃点点相思泪，洒向斑斑竹万竿。
天上人间原若梦，潇湘夜雨五更残。

抒 怀

教学生涯四十年，成尘往事渺于烟。
一心革命师先烈，两字功名让后贤。
磊落胸怀明日月，昂扬壮志薄云天。
芬芳桃李花如锦，遍植山间与水边。

犹记当年过"五关"，投身革命到滁山。
些微进步全凭党，一片丹忱早入团。
阶级斗争留教训，工农创业历辛艰。
东风吹遍阳光暖，培育新人好接班。

黄学海 曾用名逸夫，1955年9月出生于来安县新河乡（现新安镇）黄坝村，祖籍安徽省桐城市。毕业于安徽师范大学汉语言文学系，获文学学士学位。早年当过教师，退休前任来安县委宣传部副部长。大量新闻稿件、图片发表在市级以上报刊，有多篇报告文学、文学评论、语言文字研究类文章发表。

儿时三乐（三首）

其一·打梭球

小小梭球两头尖，尺半短杆直且圆。
轻敲重击飞数丈，欢声笑语震破天。

其二·掼土炮

一撮黄土一捧水，慢揉细捏似帽盔。
翻掌抡起朝下掼，响炮声震满脸灰。

其三·捞 羊

青梅竹马八九位，扯襟拽袖排成队。
躲闪腾挪赛蛟龙，衣衫汗透不言累。

咏　物（十首）

在政府大院子上班近 20 个年头了，对这里的花草树木见得久了，便由逐渐认识到有所感悟。谨记十首，以飨友人。

其一·腊 梅

冰雪孕骨朵，严寒育花蕊。
三九任摧残，我自香葳蕤。

其二·棕 榈

头顶数片叶，身缠万缕丝。
风雪压不垮，全靠根正直。

其三·十里香

丛丛绿叶密，簇簇白花稠。
香溢十里外，近者味难嗅。

其四·广玉兰

拳拳一颗心，深藏墨绿中。
芳容无意现，玉洁又冰清。

其五·紫　藤

蔽日遮雨华盖顶，夺目耀眼紫色花。
细枝弱条何风流，攀钢附木往上爬。

其六·水　杉

得风得雨得春光，豪气冲天压群芳。
忽有一夜秋霜起，衣落体皲朋弗傍。

其七·蜀　球

盘根错节抱成团，风吹不动雨不散。
有朝园丁挥刀剪，败叶残枝众人嫌。

其八·桂　花

枝枝若饴叶叶馨，点点如丹粒粒金。
怜得吴刚酿美酒，赢来嫦娥赴寒宫。

其九·雪　松

经风沐雨叶更繁，傲霜斗雪枝愈坚。
独立一隅求宁静，修成暗香透紫垣。

其十·白玉兰

玉态凝脂醉春风，醇香甘冽沁肺腑。
妖娆尽显黄芽出，好花何须绿叶扶。

姜泽恒　1941年4月出生于安徽省凤阳县，来安中学高级教师，已退休。

过年随想

家家除夕醉，户户盼春晨。
爆竹烟花放，喜联贴上门。

国运正昌盛，万民同欢心。
昔日被人侮，今朝立世林。

遥想百年前，列强频来侵。
烧杀又抢掠，华夏无自尊。

雄鸡一声唱，神州遍地新。
改革春风起，强国又富民。

来安之歌

赞我来安县，历史著名篇。
半塔根据地，抗日烽火燃。
鏖战七昼夜，痛击日伪顽。
一卷英雄谱，功勋记其间。
英名千古颂，代代有人传。

赞我来安县，远景更可观。
风电真环保，百姓笑开颜。
两个开发地，双绘锦绣篇。
医院建新厦，高耸入云端。
改革开放好，百舸竞扬帆。

金少铭　1947年7月出生于来安县新安镇，曾任马鞍山市技工学校校长、市劳动就业局党委书记。中华诗词学会会员、中华当代文学学会副会长、《诗词世界》杂志社副社长、安徽省书法家协会会员。诗词集《追梦》由中国文联出版社出版。

故乡吟

正值当年一片红，手捧宝书去学农。
支书迎我十里外，队长扁担化成虹。

现盖两间半茅屋，垒灶支铺堆柴松。
左邻送来腌白菜，右舍又赠蒜姜葱。

冬随拾粪挑大埂，春教扶犁畎亩中。
夏师插秧挥刀镰，秋助扬场算分红。

支部量力巧使用，宣传队里逞英雄。
斗私批修龙江颂，民兵训练挽长弓。

皮肤晒黑心更赤，胸佩大花最光荣。
信誓旦旦言扎根，招工伊始炮震空。

还是支书来相送，父老依依泪无穷。
毕竟两年鱼与水，鱼跃龙门心意通。

白驹过隙四十载，须发渐白携儿孙。
婆家虽好梦常做，难忘故乡一片云。

东山河渠修几道？西岭果树多少根？
南洼阿公身板硬？北塘小妹嫁何人？

一号文件东风劲，免税奖种惠农村。
铁牛奔驰塔吊立，柏油公路绕山屯。

盛世欢歌有尧舜，城乡一体美绝伦。
但愿山青水更绿，家家户户足鸡豚。

诉衷情·送　灶

掸尘祭灶注情深，干净迈元春。修身处世仁厚，何畏鬼，不求神。三省过，戒贪昏，倡其真。扬清激浊，吐哺为公，大写之人。

忆秦娥·故乡行

三月朗，长风催涌桃花浪。桃花浪，塔山起舞，对河欢唱。　　舜歌樵乐接天响，五湖荡橹千鸥访。千鸥访，八仙应和，百花争放。

喝火令·火烧来安城

智勇罗司令，威名贯路东。永阳烧寇似烹熊。任尔铁蹄淫踏，我自气如虹。　　邑内豺狼杀，郊山又伏弓。虎龙腾跃战旗红。号炮声声，鼠辈败长风。大华何虑，狮吼九天隆。

惜红衣·踏　青

日丽风和，同窗兴致，踏青郊北。麦垄葱葱，如波浪翻织。黄花遍野，极目处，云天分色。笛亮，童女驭牛，看红衣飘曳。　　湖堤芰芰，游客纷纷，时男尚妹集。何来舜乐破寂？画中历。又有鹭飞蜂舞，戏要捕鱼翁楫。叹吴楚山水，真乃天地偏饰。

白雪·悟

琼花怒放，山素裹，江河尽现银装。冰气彻天，寒梅斗艳，虫蝇化入泥浆。祭飞芒，雾霾扫，五彩呈祥。坝盈水，麦禾青绽，大野孕金黄。　　如蜡燃尽悄离，一尘不染，玉留芳。墨雅赏雪资兴，偏爱是农桑。歌舞乐、驾犁扶耙，巧手布希望。越年掰指，良谋再铸辉煌。

阚新兰　女，1956年3月出生于北京，现生活在安徽省滁州市，20世纪70年代曾作为知识青年下放到来安县水口乡（现水口镇）插队落户。中华诗词学会、安徽省诗词学会、安徽省炳烛诗书画联谊会、安徽省诗词学会散曲分会会员，安徽省诗词学会副会长。有诗词、曲作刊载于《中华诗词》《中华散曲》《中国当代散曲》《安徽吟坛》等报刊，著有《梧月清吟》。

秋山十咏

一派金风拂壑阴，山光初醒月西沉。
菊篱竹下莺声起，溪水叮咚过翠林。

霞辉岭上碧犹生，水畔枫红沐晚晴。
望眼鹧鸪浑不见，风声沉婉落花声。

菊风婉转过青溪，月上眉山引雀栖。
游子天涯归恨晚，村头老井复闻鸡。

信步云阶攀险山，驰怀何惧岫烟寒。
会当一举登高处，无限风光眸底看。

漫步溪桥踏绿苔,白云几朵岭边来。
浮名摒弃随波去,但得心花缓缓开。

岁月流沙莫怅惘,但赊麟笔写春秋。
陶然诗趣清江引,宋雨唐风催客舟。

一棹闲云挂小舟,黄花浅淡馥沙洲。
人生总有经年梦,且任纷华眉底收。

风巡石畔水潺湲,霞映枫林百鸟喧。
且向东篱赊雅趣,痴吟李杜溯诗源。

寻梦南山情自悠,黄花引领一帘秋。
凭栏远眺霞辉里,诗意乾坤任胜游。

人生一路几多磨,筑梦红尘共放歌。
但使初心勤去拙,笑迎风雨不凋蓑。

七律·茶　趣(三首)

其一·采　茶

雾缈山川织锦霞,参差曲陌曼轻纱。
金芽凤羽清风引,倩影姝颜碧浪遮。
兰指翻飞擒雀蕾,桃腮浅晕醉仙葩。
笑看背篓盈新绿,汗湿青衫日已斜。

其二·观　茶

半盏岚氲浅碧萦,青瓯薄雾采衣轻。
兰芽醉染梅公韵,玉片馨扬陆羽名。

欲遣浮云投影去，静观雀蕾踏莎行。
一泓春水天香色，壶底乾坤犹自横。

其三·品　茶

曼盏堆云冷翠氤，烟凝龙焙武陵春。
宫瓷锦水元真味，芳气兰芽玉洁身。
旋斡流华呈雅趣，细尝醇碧荡烦尘。
香盈口角清心骨，浅淡人生渐次真。

七律·访　菊

一剪清寒淡玉脂，谁牵金蕊入琼池？
轻烟半绺琪葩醉，疏影三茎翠缕痴。
傲骨凌霜裁碧叶，芳魂沁露润仙姿。
陶公欲问花间事，独向东篱细品诗。

沁园春·小李庄赞

霞蔚烟村，风吟曲岸，皖东镆瑶。正果园凝翠，篱穿紫燕；游凫戏水，鱼跃琼涛。华瑞青川，威光①绿地，五色缤纷香馥飘。晴岚起，把嫣红浅碧，濡染眉梢。　　芳菲毓秀妖娆。者番境、辛勤汗水浇。有景观文化，蜿蜒十里；生态农业，引领千骁。独创商机，共同富裕，锦绣宏图椽笔描。赞兴盛，看小康指数，再现新高。

---

① 威光：指小李庄体现生态农业模式的"威光绿园"。

南歌子·岁寒三友（三叠）

松

屹峙嶙崖上，巍昂峭壑前。云牵华盖画斑斓。铁骨铮铮披甲，傲踞苍山。　　雪压依然碧，霜侵愈发妍。虬枝轻抒志驰笺。明月清风相伴、立地擎天。

竹

袅袅南溪畔，葱葱北岭前。含烟凝翠竞斑斓。劲节虚怀高洁，澹守湖山。　　破土昂然立，凌霜飒爽妍。清风盈袖展毫笺。宁折不弯明志、笑对蓝天。

梅

疏影筠溪畔，琼姿雪岭前。暗香浮动晕斑斓。寒蕊泠泠深浅，妆点河山。　　玉骨三分瘦，芳华一抹妍。东风如约系云笺。不和百花争艳、独领春天。

水调歌头·秋　望

金风吟水畔，丹桂馥枝头。层林深处，嘤嘤青雀自悠悠。几朵黄花摇曳，三两寒蛩沉婉，叶落覆芳洲。遐思托冰魄，丽曲漾云丘。　　聆太古，书李杜，挚情酬。偕行南北，结阵诗社醉心游。携负文明传递，圆梦中华匡振，雅韵共相筹。望眼千山外，炫彩一轮秋。

【正宫·醉太平】 庚子五月抗洪有寄

孽龙脱缰,暴雨张狂,连天浊浪没村庄,水淹稻粱。扶危济困神兵降,固堤排险洪魔挡,飞舟破浪党旗扬,缚龙入网。

【黄钟·人月圆】 丰　收

秋风吹过江淮岸,山水换新装。举眸篱畔,红榴咧嘴,金桂飘香。(幺)舟犁碧浪,雁追云影,鱼跃荷塘。醉吟盛景,心潮激荡,丽曲飞扬。

【双调·水仙子】 庚子端午有寄

菖蒲角粽醉青荷,铁骨忠魂济汨罗。龙舟越浪三湘过,白鸥逐箭波。望银河"天问"穿梭。科研助,国运火,万众酣歌。

黎　田　1941年出生于安徽省明光市,毕业于安徽师范大学。历任滁州地委党校政治教员、副县长、县长、县委书记,滁州市委常委、宣传部部长、市人大常委会副主任,2003年退休。先后在报刊上发表了130余篇文章并结集出版,出版小说《淮河回声》。以下诗歌均选自作者诗集《琅琊诗语》。

观　荷

生在水底根不污,立于水中体不腐。
争来荷花映天赤,搏得绿叶水上浮。

忆年少

十八报国毅从军,万里边塞斗艰辛。
北国冰霜裂肌肤,江南烈日燃脸痛。
风雨交加走哨卡,头枕钢枪听涛声。
喜看东海升红日,尤盼世界永和平。

恋子湖[①]

恋子山下恋子湖,恋子千年情仍笃。
人间真情父母最,孟母三迁不畏苦。

李 乔 1933年9月出生于来安县独山镇,曾任滁州地区档案局(馆)党组书记兼局长,1994年离休。

祝贺来安县诗词楹联学会成立

来安一派好秋光,喜贺艺坛诗花香。
吟水吟山人难老,唱今唱古乐夕阳。
烽烟岁月歌英烈,东向宏图赞引凰。
抒情言志促奋进,共建和谐谋富康。

---

① 相传恋子山下,曾住着王氏母子二人,母王氏,子名王成。一天王成上山打柴久久不归,王氏误认为儿子被虎狼所害,终日在此啼哭。泪集成湖,肉身化为湖中小岛。

八旬抒怀

八旬回顾喟匆匆，年届耄耋未龙钟。
墨云墨雨抒情志，诗心诗意献众朋。
愧无卓卓千钧力，徒有清清两袖风。
琅琊苍松山不老，吾爱单骑炼健翁。

李德新 1966年8月出生于来安县，中华诗词学会会员，安徽省作家协会会员，安徽诗词学会理事，安徽散曲学会理事，著有《德馨居诗稿》《德馨居诗稿续》。以下作品均选自《德馨居诗稿》。

七律·来安美好乡村赞（四首）

其一·复兴村

龙王山下一村新，绿柳婆娑碧水邻。
老树虬枝真似画，芳林香草恰如茵。
和谐社会升平日，幸福农家最暖春。
更有巷头存古井，穷通直向武陵津。

其二·孙桥村

改天换地说孙桥，旧貌贫穷尽已销。
坊石迎门人转运，村规上榜德滋苗。
追思园里唯思孝，圆梦湖边又梦乔。
大舞台前棋一局，千秋功业日昭昭。

其三 · 苟滩村[①]

何处丘峦秀出群，山山水水记人文。
五湖岭上皇娘庙，惨柏亭前孝子坟。
存勖试枪擒黑虎，平阳止马驻骁军。
松涛不息风如古，东寺烟波酿白云。

其四 · 林桥村

林桥一派好风光，移步徜徉赏画廊。
随处树桩含古韵，连天苗木间花香。
街区整洁同城市，农户丰收比富乡。
瘌痢山头今不在，梧桐引落凤和凰。

七律 · 探访长山山东移民村有记[②]

三月青山分外明，移民村里乐逢迎。
四乡伧老谁猜识，八秩夫妻互助耕。
旧俗寒暄客家礼，浓音热语北方声。
院中春色无多有，一树樱桃绿正萌。

---

① 苟滩村在长山北，浦泗古道曾穿村而过，沿途有来安古十景之"龙泉云气""五湖环秀""石固呈祥"等。魏文成元皇后庙遗址在五湖山顶。苟滩村流传着村内黑虎山上关于李存勖收服张铁枪的故事，还传说唐代薛仁贵被封为平阳郡公时曾在长山止马岭驻军。东寺港在苟滩东，景色优美，每年吸引来大量的徒步、骑行、自驾的游客。

② 来安县张山镇、杨郢乡等地是山东移民集聚地。

鹧鸪天·春　耕

　　绿柳和风天正晴，家山岭上弄春耕。扶犁老汉传歌远，驰力犍牛踏垄平。　　惊紫燕，乱云莺，闲村犬吠两三声。孩童也闹田畴里，直到黄昏种月明。

定风波·立　秋

　　一岁匆匆又立秋，昨宵好梦总难留。碧水蓝天风不定，崇岭，闲云去也似归舟。　　老树苦蝉鸣未断，声乱，烦忧多少落荒丘。还是当年心底事，千次，都凭来雨洗清愁。

【双调·沉醉东风】　棠梨颂

　　立荒野英姿飒爽，逐长天激情飞扬。轻盈舞雪花，雄勇攀云浪。任风卷别去他乡，化作尘泥也有香。冰魂魄寻追月朗。

长山赋

　　来城东望，一带山长；千丘叠涌，百港空旷；有铺十里①，如砥坦荡；南通金陵，北倚高塘；西眺琅琊，东探长江；乃大别山之余脉，属古名邑之建阳。

　　吴头楚尾沿革，兵荒马乱杀场；自古三军驻地，从来两国边疆；实扼控南北之要塞，有势趋八方之气象。昔霸王涧道运兵②，曹操沙滩屯粮③；

---

① 古人写长山有"山铺十里平于地，村隐千家别有天"诗句。
② 传说项羽起兵，经棠邑、过长山、入中原。
③ 传说曹军曾于屯仓囤积粮草。

刘秀犁沟躲命①，甘罗芦柴请将②；薛礼乌龙止马③，存勖黑虎试枪④；宋金元明，其后列强，设关制隘，筑垒对抗；清流不息烽火，频频传送淮扬⑤；长山四望，狼烟茫茫。

待息兵卸甲，牧马山岗；四海升平，百姓齐昌；堆垒摞石，垦荒种粮；修庵建寺，筑坝掘塘；沿浦泗古道以集居，于五湖之巅而开坊；村隐千家农佃，川流往来客商；繁华几多时，名传十八方。

如今长山，景色犹良；时有游客，探古寻芳；聆古泉之龙吟，觅兵戈之沙场；赏五湖之环秀，悦石固之呈祥；登南山可远观二龙戏珠，临北涧更亲听马岭风响；春润夏凉，冬清秋爽；四季花香，天空夕阳；林涛阵阵，山色湖光；其四时应景之不同，唯层林秋韵最耐欣赏。

想长山万年有史，忆古贤不尽华章；看千秋人文山水，犹待来者兴旺昭彰！

---

① 传说刘秀被追出扬州，逃到长山东，遇老农耕地，老农深耕一犁，秀卧犁沟，口含芦柴，农夫回犁掩盖，秀逃过一劫。今有"犁沟"地名在。

② 传说甘罗十二岁拜相，曾于芦柴港搬兵讨贼。

③ 传说薛仁贵于乌龙山安营扎寨，乌龙山改名止马岭，今止马岭下有乌龙港、龙泉等地名。

④ 传说李存勖与王延章曾在黑虎山比武，王延章号称"王铁枪"，李伏地让王抡打三枪，王枪弯，李起，接枪捋直，枪长出三寸，王服，归顺李。

⑤ 古时清流关的烽火，经来安，由罗顶烽火台，传向扬州。今这一路的烽火台多被毁坏，罗顶尚存3处遗址，也已坍落，亟待恢复和保护。

李正德　1947年出生于南京，籍贯江苏省淮阴市。少年时随家人辗转于辽宁、安徽、山西、北京，1961年全家从北京下放到来安县。先后担任过记工员、耕读教师、生产队长、农场连队指导员等职。

五律·春秋十二轮又吟

春秋十二吟，一木绽芽临。
树老根弥壮，阳娇叶更阴。
恒心磨与炼，铁杵度成针。
莫道桑榆晚，梅开唱此音。

七律·棋　趣（新声韵）

汉界楚河棋子移，双方布阵蕴玄机。
蓝军惯使长车入，红帅善驱快马袭。
老友切磋思路旧，新朋对弈妙招奇。
难分胜负和为贵，摇羽品茗笑眼眯。

七律·学　诗（新声韵）

古今诗赋满庭芳，似酿如馐诱我尝。
觅句寻词翻卷帙，拜师充电进学堂。
先生授课谈平仄，学友交流议律章。
秉烛偶成吟一首，如梅雪后自生香。

采桑子·重 阳

金风送爽重阳九，柿果枝繁，菊盛荷残。万物兴衰皆自然。　人生易老天难老，名利别贪，机遇随缘。平淡人生韵胜兰。

浪淘沙·农 场

插队赴来安，农场结缘，面朝黄土背朝天。稻稗不分精力竭，蚊扰难眠。　弹指四十年，白鬓苍颜，重逢战友举杯欢。岁月沧桑情不改，珍惜今天。

梁世东　1971年出生于来安县杨郢乡。1991年入伍，退伍后务农，2015年开始学写诗词。

春 乡

轻烟翠雾路头迷，老树新枝黄鸟啼。
古涧山溪流水短，陈年朽木火苗低。
云开沃野耕牛走，日下帘钩燕子栖。
人笑春光风笑柳，桃花正艳菜花齐。

庚子春夏复观古银杏

千年银杏老，一涧红花新。
雾翳迎初夏，惊雷送暮春。
瘟君天地远，客路水云亲。
风过频招手，笑迎四海宾。

送　别

喜迎国庆接中秋，飞雁南归百鸟休。
薄雾轻烟离建邺，长林丰草入琼州。
门前绿柳送君别，驿外丹心望客留。
我自无暇携手去，西窗夜半月如钩。

浣溪沙·村　居

碧水青山野草花，东风送雨润桑麻，炊烟袅袅散轻纱。　　夜色朦胧星伴月，烛光摇曳母怀娃，清贫不减乐农家。

蜡前梅·踏　春

小休半日赴闲暇，结伴赏春花。一路店千家，客熙攘，惊飞暮鸦。鸡鸣寺里，古墙根底，已是日西斜。老树发新芽，微风荡，纷纷落纱。

捣练子·暮　秋

秋雾起，罩苍穹，黄叶归根压落红。飒飒西风寒袖短，别来北客夜思浓。　　梦醒登高望乡，一枕黄粱落日斜，凭楼远望客思家。红云暮鼓千帆竞，碧水长波万里沙。

凌玉昆　1934年12月出生于来安县，1950年参加工作，1995年退休。曾任公社党委书记、县城乡建设环境保护局局长、县人大常委会副主任。

颂县工业园区

永阳西南绘新城，工业新区沐春风。
迎来四面八方客，落户皖东笑盈盈。
星罗棋布上项目，厂房栉比机声隆。
奋力东向奏新曲，再创伟业建奇功。

纪念半塔保卫战胜利七十周年

抗日烽火映长空，相煎太急助纣凶。
"攘外"畏敌胆犹鼠，"安内"燃其恶似熊。
桂顽偷袭大桥镇，韩匪重兵围路东。
英雄血战七昼夜，塔山屹立气吞虹。
主力回师救险局，扫敌秋叶动地风。
以少胜多保卫战，光辉一页载史中。
园陵新貌如松盛，勋绩可歌四海崇。
缅怀先烈鹏程志，精神永在万年红。

刘汉文　1934年5月出生于来安县相官镇（现汊河镇相官村），中学语文教师退休。

相官镇逢集

公鸡喔喔欲曙天，纷纷客商奔相官。
载货车辆首接尾，赶集人群肘擦肩。
蔬菜畜禽镇上送，电器日杂家中搬。
腰包鼓了盼逢集，屈指算着九六三[①]。

售货喇叭声声甜，大街小巷闹喧喧。
河养鱼虾卖忒快，盆栽花草买更欢。
邮政局里取汇款，农技站内话丰年。
小吃店中挤挤坐，水饺肉包再三端。

买好卖好意未阑，三三两两满街钻。
青年同志听讲座，老龄朋友围书摊。
信用社里办存款，商住楼前问价钱。
生意未成交情在，下次逢集接着谈。

---

① 九六三：相官镇（现并入汊河镇）农历每月三、六、九日逢集。

刘树松 1964年10月出生于来安县雷官镇，毕业于安徽省第一轻工业学校（原名安徽省轻工业学校）。

惊　蛰

惊蛰时渐暖，春色悄然来。
杨柳池边绿，桃花垄上开。

白　露

池塘水浅老荷残，林暗蝉鸣白露寒。
团扇轻摇无倦意，一轮明月赛银盘。

寒　露

寒露降临秋草黄，梧桐叶落桂花香。
荷塘月下谁低语，对对鹧鸪入梦乡。

霜　降

秋深星月冷，霜降落凡尘。
夜来平野静，晨起水无痕。

小　雪

小雪时节孤雁飞，芦荻欲静北风吹。
更深夜阑凭栏望，月色朦胧照翠微。

端　午

端午时节粽叶香，龙舟竞渡祈安康。
填词作赋吟橘颂，文化传承国运昌。

嫦　娥

银盘如镜出江天，寂寞嫦娥应未眠。
料想天庭千样好，怎及比翼在人间。

吕家义　1967年9月出生于来安县，三城中学教师。

过蝴蝶公园

过吾来安境，驻马望新城。
永阳盈巨变，蝴蝶自多情。

骑行来河

春行来河岸，忽抵兴茂边。
秀色无限美，晴空见真蓝。

牛岁咏春

又是一年芳草绿，登枝喜鹊报新辰。
门前新景朝阳映，屋后绿坪夕照存。

绿柳摇风燕织锦，红花沐雨牛耕垄。
丑年共奏丰收乐，万民喜逢盛世春。

马　广　1928年11月出生于江苏省沭阳县一个贫民家庭，原名马广生，1946年改名为马广。后来调任沭河区抗日青救会会长，在区乡打游击。因革命形势发展的需要，随军南下，到达安徽境内，1949年被分配到定远县横山乡任指导员负责开辟新区，不久调任支前担架团三营二连指导员，完成任务后分配至定城区双庙乡任指导员、城区团委书记、炉桥区武装部副部长，1952年转业到来安任团县委宣传部部长，后历任城区副书记、乡党委书记、局长、公司经理、中学校长，在县政协驻会常委兼文史学习委员会主任岗位离休。

七绝·新　居

亭台楼阁立山川，来雅新居盛乐传。
荫翳花香春色驻，观鱼碧玉戏游泉。

天星巧落万花中，闪烁之光唱兴隆。
五彩树灯多变幻，欢声笑语乐融融。

天静能闻针落地，故乡夜梦何知晓。
养心清静寿延年，蓬莱借得群山渺。

清洁工之歌

身着橘红衣，沿街除垃圾。
严冬身披雪，酷暑汗珠滴。

平凡事高尚，世人均难离。
美德理当赞，城市美容师。

阮天富　1942年10月出生于来安县。喜爱文学，自费刊印有《天富笔谈》《天富诗集（续）》。

春　韵

春意盎然天地间，寒消九九艳阳天。
和风唤醒冬眠梦，细雨浇开花卉园。
童笛长音霄汉外，钓翁掣竿柳河边。
五颜神笔点瓦画，三月烟花色更鲜。

品味中秋

玉盘悬挂靛青天，百姓家家似过年。
北国琼楼灯闪耀，南疆珠塔影婵娟。
鲜芙香果随心享，曼舞轻歌不愿眠。
正是人间欢乐日，金风送爽万家欢。

咏　马

昂首嘶鸣向碧空，冲锋陷阵自英雄。
草原扬鬃赶红日，大漠奋蹄追疾风。
身影轻盈穿险嶂，金鞭沉稳舞苍穹。
南山伏枥老怀志，犹梦征程再立功。

歌颂改革开放四十年

金钥打开藏宝库,国门高敞迓宾朋。
春风化雨新潮涌,华夏腾飞伟业荣。
宇宙航天展科技,通途落地贯长虹。
苍生富裕世昌盛,屹立东方强劲龙。

水调歌头·池杉湖国家湿地公园

暮春气温暖,九九艳阳天。花开草绿野香,湖岸柳垂鲜。杉叶水中色吐,候鸟翩跹起舞,鳞跃戏波欢。湿地千余亩,绚丽皖苏间。　央台播,报刊载,举国宣。慕名游客,络绎不绝至公园。踏栈道观奇景,摇画舟瞵倒影,乐见尽开颜。拍摄闪光亮,悦目更婵娟。

阮有祯 (1932—2010),来安县人,县民政局干部退休。

环卫工人颂

百鸟栖巢万籁寂,雄鸡报晓早披衣。
栉风沐雨世尘扫,竭力尽心污垢移。
舍己为人情意盛,爱岗敬业汗珠滴。
一身污染万家净,利世利民苦不辞。

乡村行

重游村舍又一年,故地新颜别有天。
陋房泥路皆不见,楼台大道紧相连。

红墙琉瓦缀庭院,寒室荒庄变乐园。
试问城乡何所异,小康农户尽开颜。

栀子花

院植鲜栀近临窗,花开朵朵似银妆。
蜂飞蝶舞枝间闹,叶茂花繁满院香。
亭亭玉立标高洁,阵阵微风沁心芳。
百花丛中称俊秀,来年春早更风光。

守　岁

六出飞花辞戊冬,寒梅吐艳报春踪。
张灯结彩迎新岁,燃烛焚香祭祖宗。
家宅儿孙欢语闹,荧屏歌舞笑声浓。
俄尔零点吉时到,爆竹连天炫夜空。

感　春

蝶舞田园紫燕归,青山绿水映朝晖。
林间群鸟唱新曲,陌上丛花绽翠微。
旭日融和催草发,游鱼戏水感阳回。
一年生意由春始,人在韶华应有为。

江城子·老园丁自吟

沧桑历尽不言愁,作犁牛,不欣侯。勤育苗树,耕种染白头。粉笔一支传道义,台数尺,述春秋。 每逢桃李露荣时,向云天放歌喉。粗茶淡饭,独自乐悠悠。两袖清风无悔怨,心底畅。

佘贻梅 字枚,号繁瑚,1938年出生于安徽省铜陵市。1964年毕业于合肥师范学院中文系。曾任来安中学教师、滁州市委党校教员。有诗词作品千余首发表于省内外各大书刊,其中十余首奥运诗词作品被海外华人书刊转载。

桑蚕思

杏子黄时农事忙,抽苔方罢又插秧。
肩背幼子难下地,又惦蚕儿上竹墙。

柞蚕牧

北岭南山多柞树,抽丝剥茧作烟绸。
苏杭巧女添颜色,五尺绫罗卖九州。

钓 虾

月朗星稀雁正飞,圩湖水浅草虾肥。
遑遑起落围衫湿,知我敲窗钓满归。

卖 虾

精心拾掇早离家,山乡路窄板桥斜。
村头小集无人管,乱摊荷叶卖鱼虾。

西江月·鹭岛抒怀

白鹭因人起落，黄花砸地喷香。艳阳高照好风光，改革春风荡漾。昔日山穷水瘦，今朝国富民强，千军万马奔康庄，一派繁荣景象。

自度曲·牧场之春

汲罢黄昏酒，踏出金钩月。篝火烧红夜来风，吓退残春雪。　牧场赢得主人归，醉倒东方白。东方白，花如蝶，朝阳红似血。

沁园春·曹雪芹

末世繁华，芹溪立命，瞬息辉煌。撰红楼巨著，十年笑泣；荒村苦旅，半世哀伤。蘅芷潇湘。贾王史薛，末路英雄太凄惶。经脂品，妙点朱砂印，万世华章。　京郊世态炎凉，看瓦牖柴扉藤作床。异饥寒潦倒，食难果腹；穷愁冷落，谁赐肝汤？子殁中秋，妻亡夜雨，除夕西山泪四滂。金瓯缺，目天才陨落，举世彷徨。

【双调】雨洗新荷·珠丝泪

六月荫浓，凤凰湖水阔。岸送秋波。香莲初绽，竿竿舞婆娑。　一树黄莺正弄语，多情知了苦相和。风雨措，珍珠乱撒，情系新荷。

【双调】 风入松·巢鸠悟[①]

静观江月又西斜,似东坡难歇。镜里冤家添白雪,翁媪岂可长相别。何不"学坏施乖",赚(他)几个重阳节。

沈增琴　女,1969年9月出生于来安县大英镇,自由职业者。

七绝·墨　荷

玉露滋荷沐艳阳,半池莲袖舞清凉。
花菲果硕秋风劲,皴染纹宣墨溢香。

七绝·游玩大横山

翠岭苍岩立劲松,沙岗黄石映苍穹。
高坡林野游人聚,彩笔轻描万仞葱。

七绝·菊　魂

秋风遍野叶枯黄,满苑菊花飘蕊芳。
霜打雪欺无畏惧,唯余谁敢赛春光。

---

① 四仄韵。古有"巢鸠计拙"之语,今指"时不我待"之意。

七绝·秋　夜

暮色朦胧障暗纱，夜阑不寐思春华。
秋风轻拂绮罗帐，竹海松涛惊鹄鸦。

七绝·回　眸

春雷惊醒归乡客，牵引东风返旅人。
丝雨抚梭挥别泪，回眸遥望见飞尘。

孙　华　1958年12月出生于来安县。安徽省书法家协会会员，安徽省诗词协会会员，安徽省楹联协会会员。

银杏行

曾经荒山游，笑语连天曲径吼。于今意山路，清清冷冷淡淡处。野村疏落人语稀，荒草连云闻天鸡。狡兔三窟倏忽没，似惊不惊青鸟啼。遥看南山坳，薄雾轻缥缈，近睹白云低，古木乱参差。一柱擎天绿如盖，幻龙幻凤幻君壁。苍郁隆然碧九州，胸广十围连海气，累累子实天上落，荣荣华表空山立。凡根避世入山深，浑然沧沧无人记。裸根裂石伸铁臂，青柯霜皮结铜衣，千载昂扬历风雨，惊雷霹雳等闲事。先帝君王系战马，篷荫小憩迎朝霞，人间天上通灵验，长事英雄到中华。中华亘古升明月，战火烽烟已将熄。歌太平，守寂寞，化为诗，浩浩茫茫胡为期。孤冷一如何，千载遥相忆，旷游天地忘归时，野花馨发永相思。

一月梅花

风花雪月，剑胆琴心玲珑月。野陌幽芳，惹得红尘处处香。　　今宵晴好，云母题诗言未了。谁个情真，梦转魂萦去踏春。

二月杏花

巧心灵魄，自度红颜何寂寞。不见门开，墙上一枝欲出来。今生缘此，暮暮朝朝还梦里。谁弄琵琶，弹落梅花弹杏花。

三月桃花

和光明媚，娇嗔晕红熏欲醉。蝶舞蜂随，一线纸鸢步步追。柔情蜜语，燕子泥时花下许。叶叶枝枝，阵阵东风剪作诗。

四月蔷薇

纷繁拥簇，浥露微风香馥馥。傍晚时分，懒倚夕阳嗜底温。痴人迷恋，瓣瓣落红心瓣瓣。欲度潇湘，梦转千回觅杜郎。

五月石榴

云霞似火，撩得芳心情可可。暗露殷红，多子多孙隐碧丛。灵魂谁种，几点相思遗好梦。冷了诗书，一段清肠一把壶。

六月荷花

虚心贞洁，绿雨层层还叠叠。委卧红尘，穿越鳞波待故人。宜风宜露，香袖翩翩罗曼舞。袅袅婷婷，小调兰舟拨隐情。

七月凤仙

灼姿风雅，白石丹青翻作画。碰我为何，肥瘦自播艳色多。星星瓣瓣，化蝶化烟情慢卷。心事悠悠，月到樽前不尽酬。

八月桂花

天香玉魄，苑上林间弦外客。悦悦欣欣，银汉浮槎几度寻。　　落英鱼醉，凡鸟翠禽能有几。月落金樽，对影无言已断魂。

九月菊花

云山处处，竹界凝霜三径露。我我卿卿，把酒东篱朗月明。　　平心所向，玉涧抚琴临水唱。菊社诗笺，妃子潇湘第一焉。

十月芙蓉

乔装春色，三转娇容都府国。吻别秋风，压压支支洗露红。　　知君爱否，芳苑女儿怜静守。留个金钗，月笼魂销梦蝶来。

冬月水仙

琴心雅态，易水宜寒人人爱。处士方君，隔院偷香细细闻。　　轻挑银盏，环顾频频还恋恋。恍惚清晖，曼妙婆娑度雪梅。

腊月蜡梅

白雪飘落，坡上梅林殷绰绰。新腊梅开，轻挽香唇凑近来。　　琼枝漫绕，花事翻飞了未了。瘦影依依，水月冰姿岁岁期。

行香子·两朵嫣红

绿叶蓬蓬，密密丛丛。伴依依两朵嫣红。寻思描画，弄笔还终，兴一时无，一时有，一时浓。　　骄阳欲坠，粉面惺忪。对悠悠颤颤忡忡。想君是夜，露冷风重。报忽而西，忽而北，忽而东。

浣溪沙·雪

梦 雪

午夜梅梢月色轻，柴门虚掩静无声。红椒白蒜系恩情。　　驴背一枝林上雪，枕边几度困围城。长山远望黛眉横。

问 雪

笔墨含烟人语轻。冰凌茅屋滴阶声。黄蜂才动已多情。　　驴背一枝林上雪，眼前个个豆丁城，何时嗅觉暗香横。

吻 雪

晓雾分明山色轻，红唇将破吻笛声。寒禽未下已含情。　　驴背一枝林上雪，鹤巢孤岛海滨城。先留瘦影漫山横。

逐 雪

影暗香迷梦语轻。荒山茅店啼鸡声。银钩新月逐风情。　　驴背一枝林上雪，诗余了醉野郊城，花花瓣瓣蕊须横。

暖 雪

谁弄七弦五指轻？琴声和作苦吟声。平平仄仄世间情。　　驴背一枝林上雪，心房四面梦中城。幽香静雅曲枝横。

香 雪

香溢梅花寒意轻，溪沙浣女捣衣声。冻芽不语也关情。　　驴背一枝林上雪，草尖点露景宫城，断桥流水月弯横。

赏 雪

娇燕桃红风絮轻，彼时安得此时声。赏梅千古好心情。　　驴背一枝林上雪，秦淮十里画中城。春溪水软扁舟横。

恋 雪

穿雾飞花蝶翼轻，蛾眉杏眼喷娇声。他生莫解此生情。　　驴背一枝林上雪。阳关三叠玉关城，春山野陌几条横。

化 雪

古道重逢脚步轻，多云岁月悄无声。夕阳西岭有余情。　　驴背一枝林上雪。竹簧丝语柳边城，花随流水小桥横。

怀 雪

花骨花容花未轻，花雕花谢叹花声。花锄花冢惜花情。　　驴背一枝林上雪。诗心半个冷荒城，湘江湘水楚云横。

孙金和　1943 年 8 月出生于来安县施官镇龙山村，1959 年入伍，1978 年转业到来安县商业部门，长期从事党务工作，2003 年 10 月退休。

七律·咏 雪

朔风漫卷寒潮涌，雪舞翩翩景色奇。
絮覆田园滋幼麦，冰催梅朵发新枝。
净空洗日驱霾雾，化水润山现碧池。
溢彩玮光呈瑞气，人间此刻最宜诗。

七律·来安池杉湖

初冬湿地景迷茫,千顷平湖展画廊。
碧水扬波传绮梦,红杉织锦绣霞装。
游人揽秀留佳影,赋客采风寻雅章。
雨浥清风尘不染,轻舟漫渡入仙乡。

七律·登来安龙山

三坝平川稻谷香,龙山顶上览风光。
驰怀江北两千里,放眼皖东三百乡。
视野停留凝故地,情思放纵忆亲娘。
如烟往事心头涌,不禁潸然猝寸肠。

虞美人·春游蝴蝶公园

蝶迷美景来安住,碧水香花护。柔枝嫩柳接春风,燕语莺啼唤绿岸梳绒。　　移山改地皆人造,乡野新妆俏。满园新歌涌春潮,湖底喷泉吐彩更妖娆。

杏花天·赏油菜花

油菜花开香四野,春风抚。姿清体雅。几多飞蝶来招惹,听密语,蜂情洒。　　抬眼望,锦朝天跨,暖阳追,金涛滚泻。芳熏游客无尘挂,独赏田原诗画。

鹧鸪天·息肩乐

我是山村闲趣翁,息肩乐在自然中。秋牵彩云追明月,春赏香花沐暖风。　吟韵律,奏商宫,青旗沽酒任西东。莫言尘路无图画,小酌怡情见彩虹。

孙荣祖　1944年12月出生于来安县水口镇,曾任县地矿局局长。

春雨赞

丝丝春雨湿人衣,流水潺潺唱小溪。
大地初惊忙换彩,杏桃乍放斗芳菲。
机声震野西畴种,雁影横空北国飞。
荡涤尘埃除污秽,始有乾坤转虹霓。

重阳赞歌

深秋九月天清爽,雁在云霄羽劲张。
丹桂有香飘万里,银丝无怨聚一堂。
扬拳耍剑威风显,跳舞唱歌气势昂。
百卉园中敢争艳,晚霞应不逊朝阳。

赞来安公交驾驶员

雄鸡破晓月才落,寥落残星挂在天。
酷热仍然能奋战,苦寒更是不休闲。
文明驾驶送关爱,忠诚奉献惠来安。

无限辛劳浑不怕,平安一路苦犹甜。

种棠梨花

携锹山野挖新树,山上坡头随处栽。
去年不期经雨活,今朝更喜逢春来。
轻吟素洁诗千首,好醉芳香酒一杯。
泉溉泥封勤护惜,年年赏景傍窗台。

七律·赞杨郢

旋转风车竖绿冈,舜歌湖上鹭鸥翔。
鲤鱼跃水水珠溅,蝴蝶采花花蕊香。
银杏老株评亘古,石牌古屋历沧桑。
境优景雅原生态,特色风光在故乡。

颂　竹

荒山碧野园林间,青翠笋尖入眼帘。
穿石破土苗儿壮,风吹雨打杆更坚。
万木丛中不争宠,百花园里厌献妍。
无心攀比富贵树,甘愿寡欲得清闲。

走出健康

翁妪淡定健步走,不管冬夏与春秋。
举头眺望摆双手,挺胸阔步不停留。

小径崎岖脚下踩，公园旷野大声吼。
雨雪风霜全不误，健身悦心更长寿。

汪庭靖（1949—2009），来安县人。1973年开始从事中小学语文教育，具有小学高级、中教一级教师职称，曾被县教研室聘为小学语文特级教研员，教学论文曾获国家级二等奖。曾任县诗词楹联学会会刊《永阳诗韵》副主编，中国硬笔书法家协会会员。有30多首（篇）诗歌、散文、报告文学在省市级报刊发表。

拜谒刘顺元墓

刘顺元，山东人，抗战期间，在来安县半塔一带工作6年。曾任苏皖省委书记、淮南区（今淮南市）党委副书记、路东区委书记。中华人民共和国成立后任江苏省代理第一书记、中央纪委副书记等职。1996年2月14日逝世于南京，家人按照其生前夙愿，将其安葬于来安县半塔镇塔山下。

乙酉仲夏，余陪县新四军研究会副会长凌玉昆等同志到半塔塔山拜谒抗日老战士刘顺元墓，感慨万千。

东洋胡马践神州，飞将不甘作楚囚。
半塔歼敌风雨骤，龙潭灭寇岁时稠。
淮南谋略红旗举，江左运筹失土收。
北定王师逢盛世，丹心战地照千秋。

瞻仰大刘郢新四军二师烈士纪念林

林木深深叩几重，青松翠柏慰忠魂。
驱顽抗日行天义，洒血捐躯盖世功。
国难家仇千里泪，霜寒雨骤万山红。

刘郢旗卷西风日，烈士人杰死亦雄。

游白鹭岛

白鹭岛位于来安县原复兴集乡（现已并入舜山镇）境内。这里山重水复，绿树成荫，每年有3万多只白鹭栖息。它是省级森林公园。复兴是我的故乡，白鹭岛更使我流连，游之感作。

松峰染翠上重霄，草浅风香卷绿潮。
幽谷吟诗花绽笑，青山添景凤还巢。
赏亭远近飞白鹭，观阁高低涌碧涛。
舟泛恋湖腾雪浪，葱茏云外奏笛箫。

松涛惊岸绿无涯，玉雪迎舟万朵花。
轻佻鱼虾争戏浪，癫狂鸥鹭掠平沙。
数行鹅鸭嬉清影，一串清歌入彩霞。
水远山长将护绕，恋湖沉醉忘归家。

林桥抒怀

林桥花木誉神州，满眼芳菲乐此游。
万树绕青连地绿，千峰拥翠映天柔。
轿车喜住农家院，百姓乔迁致富楼。
姹紫嫣红开画卷，桃源阡陌尽清幽。

李庄即景

一春开遍李庄花，欣看三农管物华。

光敏乡情浓似酒,绿园生态美如霞。
康庄道路皆歌唱,别致新楼众口夸。
构建和谐呈特色,科学发展乐无涯。

三湾木瓜树

看破红尘任凭空,清贫寂寥立山中。
几经冷暖抛名利,屡历炎凉济世功。
蒙难获福传道语,化吉遇主报年丰。
古今兴亡等闲过,遍体神灵七窍通。

满江红·咏来安工业新区

阡陌新区,机声吼,厂房幢幢。喧笑语,凌云壮志,驾风破浪。四海企商来落户,五湖贵客从天降。政策优,环境构和谐,民心畅。　　迅发展,春意盎。康庄道,明方向。喜筑巢凤至,市场新创。燕舞莺歌宏画展,龙骧虎步春风荡。百鸟鸣,望火树银花连天放。

王　珏

鹭岛吟

老松古虬好心情,诗友相约访鹭亭。
极目青山听鸟语。踏山踏水踏歌行。

曲曲弯弯开阔地,忽见琼台落瑶滨。
姜老与吾把水乐,数点白鹭看雾林。

谯楼木屋绿茶新,悠悠水拍听乡音。
商贾云集复兴地,醉翁也羡鹭岛吟。

王家槐　1944年11月出生于来安县半塔镇,中学语文教师退休。

看　戏

看戏岂儿戏,理含玄妙中。
千载唾世美,万口赞包拯。
世情多阿贵,拔刀少韩公。
垂诫警顽劣,刚正民所宗。

寄妲儿

一封家书到南天,满纸亲情路几千。
岂为谋生分两地,那堪暌别隔经年。
葡串如珠思爱女,榴花胜火梦海边。
相同只有窗前月,清辉斜照未成眠。

屯仓水库重修有感

囤积天雨防旱年,仓廪丰盈应无前。
水波浩渺碾细浪,库堤坚实绽笑颜。
修渠道道通富路,竣工处处乐心田。
有幸登高收一望,感慨殊多逾万千。

侍母诗兼示诸弟妹

年迈老母九十过，失聪脱齿步难挪。
轮椅生涯真寂寞，衽席晨昏苦消磨。
三春晖耀劬劳永，寸草心存赡养多。
嘘寒问暖莫辞累，应与后昆作楷模。

四时即兴

万里风烟接春光，吾持彩笔意彷徨。
千仞青峰融冰雪，九曲黄河渡桄榔。
乱红逐浪桃源世，胜绿兴波麦海乡。
春色无限怎堪画，老柏新梅伴翠篁。
绿叶芙蕖碧波间，好景那得仔细看。
荷锄南亩踏朝露，灌园东坡乘晚闲。
扫却黄云野方阔，铺来绿绒景更蓝。
世人但晓佳肴美，谁怜农夫汗湿衫。
稻菽刈尽黄云散，潦洪虽余清波留。
篁林飒飒归南雁，云水隐隐照北丘。
人意偏从秋兴起，歌骚不为晚景收。
东篱剩有傲霜骨，谁为护理植新畴。
严冬肆虐未肯休，春近兀自涌寒流。
彻夜嘶风天黯黯，漫空舞雪冷飕飕。
暗香浮动梅枝俏，细丝摇曳柳梢柔。
笑君螳臂徒尔尔，明媚春光在前头。

看电视剧《精忠岳飞》

千古脍炙说精忠,冲冠怒发满江红。
上苍无情偏南隅,将军有意社稷荣。
铁骑踏遍青山老,金戈挥处北虏怵。
风波亭上留余恨,空负英雄汗马功。

读《三国演义》

汉家暗弱炎德微,三雄割据逞其威。
操挟少帝天时与,权恃大江地利归。
备据璋表两川业,亮竭忠诚六伐违。
可怜征战遗白骨,底事还看司马肥。

王毓才

雨霖铃·采　莲

　　水波碧透,看田田叶,花莲甚稠。采撷满握润玉,关切抚吻,羞了数瓣,踏进荷丛深处,荡满塘彩流。闻幽幽迷人馨香,绿荷翻飞莲子熟。
　　姑娘撒开清凉笑,更见那喜悦跳眉头。眼波漾向何处?杨柳岸小伙探求。更待何时,摘取幸福正是时候。似彩锦一塘晚霞,托起沉沉舟。

王正奎 1950年出生于来安县，1970年12月服兵役，1987年2月转业，先后从事行政和党务工作。爱好诗词、戏曲、书法、绘画等，著有诗集《龙沙澄怀》。以下作品均选自其诗集《龙沙澄怀》。

来安古十景题照

琉璃日影

梦幻琉璃千古奇，寻珍县邑巷头西。
回眸蓦见甘泉井，俯瞰垂观莹煜迷。
日色投光含笑面，花颜汲水浣裳妻。
纵然久旱天无雨，玉液清纯任尔提。

玉石霞光

朝霞托日映山明，暮鼓晨钟俗虑平。
古寺金刚今不在，飞莺鹭鸟照常鸣。
琼泉未染千年洁，碧水还流四季清。
最是黄昏风色好，斜阳傍晚抹丘坪。

沙河带练

沙河似练碧波长，马岭泉流入海洋。
泽被乡民兴伟业，滋生稻麦育群芳。
轻舟载重扬帆棹，渔火通明映水泱。
更喜人工拦大坝，稼禾保产战天荒。

马岭风声

马岭分流两派横，江淮千古动涛声。
林深草密狂风吼，石裂山崩野兽惊。
坚垒更留鏖战史，斜阳犹照厉兵城。
同仁雅士寻幽胜，来水源头欲忘情。

石固呈祥

山形突兀沧波上，似鼓催征报吉祥。
战火来时驱勇士，强贼去后固关防。
残碑断碣斜阳里，古寺墟丘瓦砾荒。
往事依稀成旧史，舜湖返棹晚风凉。

五湖环秀

禅山毓秀出平湖，倒影晴峦似画图。
碧水清粼鱼戏浪，青峰耸翠鸟鸣株。
林岚暮霭斜阳在，野寺陈砖释子无。
坦道回环穿岭过，星移物换奔新途。

八石仙踪

闲情八石觅仙踪，伫立山头一望空。
废庙荒庵寻旧梦，名亭志史记前雄。
刘安撰著崇黄老，汉室操戈互引弓。
放眼新区呈锦绣，平阳碧浪涌征篷。

舜歌樵乐

地灵人杰舜歌山,道统传承若许年。
古帝兴农传种植,乡民乐业学耕田。
文明胜出蛮横少,开化迎来礼教全。
盛世而今多雨露,蜂飞蝶舞艳阳天。

天竺迎晖

双龙合抱玉珠明,香火庵堂佛地清。
洞窟幽深泉水响,禅房宓静梵经声。
溪桥跨涧迎香客,绿野生岚照夕明。
昔日沙门清绝地,依稀鹫岭乱飞莺。

龙泉云气

藏龙卧虎翠岚光,众庙丛生五里岗。
宝刹嵯峨钟鼓越,香烟袅绕梵音扬。
禅心不灭寻幽胜,词客频来觅旧章。
纵目青山思绪远,莲宫史迹变遐荒。

来安新景(八选五)

塔山丰碑

丰碑耸立塔山巅,镌刻铭文记战年。
肃穆陵园安烈士,庄严展馆染硝烟。
忠魂驾鹤游仙界,汗竹留芳著史篇。
浴血迎来民做主,守成切勿负先贤。

鹭岛鹤影

鹭岛葱茏草木香,繁枝密树蔽骄阳。
乔松翠柏丹枫艳,细浪兰舟碧水长。
岭媚山柔招远客,莺翎鹤翅舞峦岗。
幽亭画阁林间缀,送爽樵风纳晚凉。

屯仓归棹[①]

开山筑坝建平湖,斗地征天政绩殊。
一代功勋谋福祉,千年伟业步新途。
长渠润泽牛羊壮,库水滋生稻麦苏。
旱涝无忧仓廪实,观渔爱看棹归图。

蝶梦晴波

青蛾化蝶醉芳菲,似镜平湖映翠微。
绿柳婆娑莲带露,金鳞跳跃水涵矶。
华亭好客常留坐,旭日多情总洒晖。
鸢彩腾空孺子笑,轻歌曼舞不思归。

来水卧虹

飞桥一架跨西东,碧浪晴波卧彩虹。
两岸琼楼呈靓景,千年古邑起春风。
通衢大道征程远,造福蓝图壮志雄。
水载云帆济沧海,花香鸟语业兴隆。

---

① 屯仓:指位于来安县北部的屯仓水库。该库于 1958 年 10 月动工兴建,1963 年枢纽工程基本建成蓄水,1965 年灌区全面受益。

来安古今胜景赋

　　古邑来安，物华天宝。山川之雄奇锦绣，田园之旖旎涵芳。古之骚客，多有赞誉；今之韵友，常予吟哦。登马岭，听风声，观江淮水脉分两派，漫思源远流长；立峰巅，赏秋景，看层峦叠嶂染五色，遐构彩笔华章。忽忆当年，故垒鏖战，英雄战死，功著史册；偶动怜意，岭头感伤，狂风怒吼，石裂山崩。游五湖，赏环秀，禅山逶迤绕碧水，锦鳞戏浪鸟鸣株；攀石固，乐呈祥，往事依稀成旧史，勇士守关战硝烟。闲情八石山，伫立岭头觅仙踪，暗笑刘安痴迷拜黄老；逸兴今朝物，放眼新城看锦绣，艳羡平阳碧浪送征帆。沿沙河，步带练，闲观夕阳晚照虹桥靓；抚玉石，沐霞光，仰望飞莺欢悦亮歌喉。探幽龙泉云气腾空起，遥思古寺香烛佛阁烧。更喜词客频来寻名胜，堪慰禅心不灭谱新章。舜歌山古帝兴农传种植，僻壤村乡民耕稼学文明。逢盛世，桃红柳绿，蜂飞蝶舞春风暖；绘蓝图，水秀山青，心赏目悦诗意浓。天竺之迎晖，双龙抱珠吉祥地，香火敬佛云幢堂；沙门之清绝，禅房宓静维摩室，石室安禅梵帝宫。渴饮甘泉，琉璃井深可映日；茶烹玉液，花颜汲水涤尘心。

　　塔山丰碑高耸兮，肃穆陵园安烈士；忠魂驾鹤仙游兮，斑斓汗竹著英灵。屯仓之浩水，碧波万顷，都是前辈血汗挖掘；愚公之功绩，伟业千秋，尽成后代甘露滋稼。尊胜之禅院，碑文记衰盛，峰峦叠翠莲花界；观音之圣泉，滴水救苍生，惜细无声紫竹林。孔雀寺，千年宝刹供明王，信徒虔诚争朝拜；诵经堂，万卷梵文度众生，胜果争攀香火浓。鹭岛鹤影，草木葱茏，乔松翠柏丹枫艳；晴湖画舫，碧波荡漾，浮光跃金游客欢。三乐亭，春夏观景，秋冬怡情；一车客，游山吟咏，骋怀悦性。骀荡春风惠仰山，人面桃花添意趣；妩媚纤秾可心意，粉腮素颊总销魂。东临湿地，水杉林里观野鸭；西照曛阳，晚霞舟中趣吟诗。罗顶山中，春来梨花玉容娇艳，甘棠欲醉远方客；白禅谷里，燕绕芳树雪态含风，冷香暗袭绮罗裳。玉蝶双飞，青蛾羽化芳菲醉；晴湖似镜，绿柳婆娑浥露莲。逍遥嘉园,彩鸢腾空孺子笑;轻歌曼舞,情侣携手不思归。

美矣哉!来安之美,美不胜收。家山之丽,丽辞难述。吾醉也,吾痴也,吾愧秃笔词穷难以尽述也。

王正如

豆　花

豆花生嫩绿,惹蝶自飞来。
本是园中物,清香留满腮。

七绝·秋夜听雨

时光荏苒又入秋,年增岁月更无求。
一壶浊酒半添醉,夜雨潇潇落小楼。

七绝·秋　妆

雨打轩窗秋渐凉,丝瓜此时放华晃。
黄花绿叶明如镜,俨若吾侬浅淡妆。

七绝·仲夏荷塘

轻风习习荡晨烟,杨柳依依傍藕田。
碧水清波摇日影,朱亭侧畔赏娇莲。

七绝·乡村巨变

喜看山村改旧颜,扶贫致富变新天。
洋楼小院私车靓,衣食住行锦绣篇。

七绝·蔷薇映芭蕉

闲游喜赏景妖娆,水墨丹青破寂寥。
几度春风春醉我,蔷薇红后绿芭蕉。

天净沙·醉卧西楼

晨昏卧醉西楼,依栏望断云浮,剋得人肥衣瘦。几壶陈酒,可消明日新愁。

王子俊(1943—2016),来安县人。生前为中华诗词学会会员、安徽省诗词学会会员、安徽省楹联学会会员、安徽省书法家协会会员。诗词作品发表在《秦风》《安徽吟坛》等书刊上。60余副楹联作品刊载于《琅琊楹联》《2012年中国冠军嵌名联大全》《中国楹联年鉴(2010—2012)》等书籍。著有《清心阁诗草》《王子俊书法作品集》。以下作品均选自《清心阁诗草》,注释均为作者自注。

七绝·农税减免

倾农国策三春雨,免税开天布惠风。
种地回乡如浪涌,欣瞻大地郁葱葱。

七律·来安特产颂

爱我山河咏我乡,来安特产九州扬。
林檎珠绿酸甜味,包馅蟹黄鲜嫩香。
板鸭酥醇惊建邺,蒜薹辛辣醉辽阳。
蜈蚣品量魁全省,金水银山宝地方。

七律·来安胜迹概览

来邑始秦亡楚后,史长古迹至今留。
顿丘石器知商具,姜渡吴城见魏鳌。
六尺青碑光佛宇,满林白鹭盖汀洲。
开新修旧无求大,小雅常能胜一筹。

七律·侯静波

杨郢有村名静波,英雄原是一娇娥。
志存戎马行华夏,身入洪流抗寇倭。
民运超伦孚众望,叛徒告密落凶魔。
斥奸拒诱胡兰勇,就义童岗浩气歌。

七律·罗炳辉师长在邵集

1942年新四军第二师在邵集开展大生产运动,罗炳辉师长及谭震林、张劲夫、刘顺元、萧望东等领导同志也参加了劳动。其间,罗师长两三件爱民故事感人至深。

抗敌群雄刘郢聚,战休种养获丰登。
借衣完璧信诚守,租地付金严纪承。
寓教说书开稚昧,用情剖理拨黎薈。
爱民所到仁无敌,"彬下江南"①媲美称。

七律·再颂小李庄

别墅成街数里长,清心悦目满祥光。
白棚蔬菜铺田野,绿蔓西瓜伏垄墒。
土地统筹耕种善,秧苗滴灌效能彰。
思维顺应时风变,尚技从科百事襄。

农民收入靠田粮,酬付薪金小李庄。
企社经营新产业,品优生态绿长廊。
解除困厄消嫌隙,构建和谐降瑞康。
美好农家游乐地,来安典范漫芬芳。

七古·来安新城建设颂(新声韵)

重建新城七里南,蓝图橼笔叹为观。
顺承滁市拱辰地,定位南京经济圈。
七纬三经宽大道,六街九陌竞飞檐。
中枢政务一龙举,辅赞商文两翼翩。

---

① 彬下江南:典出《龙文鞭影》,彬指北宋名将曹彬。他奉宋太祖之命平定南唐时,严肃军纪,不妄杀无辜,深得民心,致令南唐后主李煜举众而降。此诗依《永阳风物》中马成忠的"罗炳辉故事"而作。

河路圃林深秀美,行居教卫便民全。
炎凉店铺开销处,早晚公园享乐间。
一体城乡周措置,多元项目善琴弹。
春播秋果时飞快,明日花城在眼前。

一剪梅·清洁工

雨雪冰霜四季中,夏对炎风,冬对寒风。腥脓腐臭鼻眸冲,这也爬虫、那也飞虫。　扫尽污泥净地空,小巷清容,大巷华容。栽花掏粪一般崇,你是潜龙,我是云龙。

来安赋

来安吾县,史迹煌煌。中华蕴古,吾邑闪光。赞我山我水物产富;扬县人县事人文昌。不忘过去,借鉴历史求发展;展示今朝,信心倍增创辉煌。

来安位于温暖之江淮流域,它又毗邻江苏在安徽东方。北接盱眙,南临建康,西凭醉翁亭畔,东望高邮湖旁。中部丘陵南圩堰,北面丛林布山岗。六安余脉,长山、马岭横北境;长江支流,来河、清流南入江。

来安建县,溯源流长。顿丘出土石器,昭示先人殷商。春秋先吴后属楚,你争我夺战沙场。始皇秦朝灭楚后,水口东埂设建阳。东汉到隋朝,郡、县变无常,时而全椒入顿丘,时而高塘改新昌。景龙三年,清流析置永阳县;中兴元年,来安改名在南唐。宋代省入清流县后降镇;淳熙复置来安名未更张。来安古迹,厚重沧桑。顿丘山,石器卜甲殷商文化价值贵;吴王城,三国孙权限制魏兵筑涂塘。韩王台汉韩信点兵将;石固山穆桂英跑马场。胡松墓文武雕,工艺精湛;胡母圩玛瑙碗,故宫收藏。高山旧城,唐宋明瓷件尤为珍异;万山遗址,赵必胜抗金垒石围墙。

来安山水，水清山绿；风景秀丽，游客徜徉。白鹭岛，依湖建园，鹭飞戏水；尊胜院，碑巧殿雄，泉冽芬芳。孔雀寺佛地香烟回缭绕；马岭头碧天风扇旋天章①。屯仓水三面青山，渔舟晚唱；五湖山②数珠点缀，夕照霞光。大刘郢二师师部，竹青林茂迎春意；半塔保卫战旧址，柏翠松苍肃敬彰。

来安文化，词韵芳香。书画歌赋，列史长廊。韦应物宿永阳诗寄琅琊住持；欧阳修写永阳大雪情系农桑。卢允言③气雄浑，曾留诗作；司空曙才子诗，玉振铿锵。明邑令王梅"我爱来安县"；尹梦璧来安古景十篇章。郝孔昭《四书、诗经讲义》风行海内，其文如凤构；严治项名著有《蒲稗集》幽峭诗风，入王孟④之堂。张亦栻作磅礴闳肆；武孝钦佳构剑气珠光。严涛画菊题诗作；朱黻书法体襄阳⑤。现代文人，不乏才良。金启华古文著述等身高；曹玉模《鼓乡春晓》银幕扬。

来安人物，群星璀璨；德彰功显，令人敬仰。李将军⑥于鲁阳斩北燕；周总兵⑦荡滇黔加封赏。苟与龄庐母墓，至孝动天紫芝发；赵珍君医父母，割股哭祷病愈禳。王德远⑧义举爱民，条陈开河策；贺宣彦兄亡事嫂，遵礼守纲常。魏大用筑砖城，御倭使民安定；刘正亨修圩堰，解困流徙水荒。陆元九双院士，陀螺专著高科技；章之汶学中外，农业研究育种良。孝庵⑨操炮，敌舰重创；高升推弹，地堡开膛。

物产丰富数来安，天灵地杰是永阳。雷官板鸭百年老卤制；谢家烹调

---

① 天章：章，文采，指天空中日月星辰等。
② 五湖山：长山原名。
③ 卢允言：唐代诗人卢纶。
④ 王孟：指唐代诗人王维、孟浩然。
⑤ 襄阳：指宋代书法家米芾，自号襄阳漫士。
⑥ 李将军：北魏李崇。
⑦ 周总兵：清武进士周球。
⑧ 王德远：明代王来。
⑨ 孝庵：甲级战斗模范赵孝庵。

一绝密技藏。宰、钳、卤讲究，鲜、醇、粉嫩香。仁宗①赐名花红果，进贡大臣乃吴棠。五色脆酸甜，泡酒止泻伤。汉河水滨产螃蟹，肉包内馅用蟹黄。卤多鲜嫩味道美，滁宁食客争来尝。张山狗骨头，汉河鱼头汤。相官大蒜多栽种，沈阳餐桌受赞扬。美食蜚声广远；物产品质优良。夏枯草药消肿毒疮解，蜈蚣通络止痛销外洋。大理岩，玄武岩，石灰岩，储量不菲曾开采；凹凸棒，石黏土，膨润土，藏点多处富矿床。

来安发展，前途无疆。新区两处，燕舞鹰翔。104国道，横穿南境；南洛高速路，直达宁蚌。来汉二鸟比翼，企主百家来凰。来安区融规划大滁城建设；汉河区领皖东桥头堡起航。来城南移，欣欣向荣；新区外扩，蒸蒸日上。产业转移，讲科学，谋发展；招商引资，求环保，稳舵航。汽配，物流，剪风虎步；硅能，化工，驾雾龙骧。安居房，幢幢拔地起；幸福路，条条奔康庄。民生工程，倾力打造；文化发展，同步繁昌。勇鼓拔山力，扬帆破浪达彼岸；走向特色道，建设美丽好家乡！

魏来安

永阳赋

枕渺渺兮淮水，对滚滚兮长江，悠悠桑梓，家乡永阳，生灵淳朴，景美文昌。涓涓兮来河水，泽民于粮田。勤得天道，德化九乡；舜歌山前，听鸟语啼春；林桥新村，看皖东苗芳。石固峰下，赏屯仓碧水，莲花湖畔，沐惠风和畅。

今之来安，南唐名之。自秦置县，始称建阳；曾属清流，亦建高塘。两千余载，风云变化；其间人物，群星璀璨。

永阳故城，状如卧牛，养其气以待发，蓄其锐以长耕。继往而开来，

---

① 仁宗：清仁宗嘉庆皇帝。

乘开放之春风。四方交泰，万物昭苏。物华天宝，以人为本。依南京都市，据大江北岸。滁州齿唇，西邻维扬。先民有德，文化风新，桑梓情真，田禾九穗。

想红色半塔，革命老区，民族危亡之时，内忧外患之际，先辈披坚执锐，义无反顾，十四年抗战，艰苦卓绝。难忘炳辉将军，戎马倥偬。半塔保卫战，名垂青史，永励后人。盖夫民有福祉，必有栋梁之相撑；国之隆兴，必有鸿德之能佐。有诗曰：永阳人物兮美如虹，永阳财富兮不可夺，永阳薪火兮得传承。

观夫永阳，乃当今旅游胜地，来安新城，高楼栉比，马路纵横。邑北禅山，风能发电，靓丽风景线。更有绝景四焉：一曰鹭岛美景，候鸟之天堂，每逢春夏之交，万鹭翱翔蓝天，繁衍枝头；二曰华东湿地池杉林，万鸟筑巢，誉为人间仙境；三曰二十里长山横翠玉，万亩桃树绽红颜，千年桃史之仰山，无愧华东著名桃乡也；四曰水乡汊河，小镇崛起，竟成皖东明珠，招来四方宾客。

爱我家乡，云湖霞光，山水草木，皆为胜景。春风涵大雅，秋水恰文章，余怀感激，探山访水，观云赏月，钓诗敲韵，好不快哉！

吴笑云 女，2001年11月出生于来安县新安镇，2019年9月考入浙江省传媒学院汉语言文学专业。爱好文学、美术和摄影。

浣溪沙·中　秋

月满窗棂水映深，风鼓吟舞叶鸣琴，千里遥望故乡临。　　遐思且任它事去，浅笑安然淡随心，昔年风物似若今。

卜算子·远　道

后来未可知，命数它年悟。展望四载何事生，再盼毅强骨。　　有情更自行，无意道他物。定有功成名就时，回眸笑对处。

破阵子·不　屈

失意之处多是，吾自难却低头。敢问尘间难何在，万事余言预料忧，然成心上愁。　　热血满腔腾上，激扬意念遍透。了却平生挫意事，不慕专才徒羡通，豪志曾灭否？

徐速之　(1916—1993)，安徽省天长市人，诗人、作家。1932 年加入中国共产主义青年团，1939 年加入中国共产党，抗日战争期间，曾创办青年周刊《战生》《青年战线》，并任主编。中华人民共和国成立前，历任天长抗日民主政府县长、盱来嘉中心县委书记、中共天高县委书记、淮南区（今淮南市）党委组织部部长、中共来安县委书记兼来安支队政委（1946 年 6 月始）、淮南第二工委书记、淮南第二支队政委、江淮军区第一军分区政治部主任。中华人民共和国成立后，历任巢湖军分区政委、水利师政委、水利部治淮委员会政治部主任、安徽省教育厅副厅长、安徽省人民政府副秘书长等职。著有电影剧本《敌后坚持》，出版诗集《风雨楼诗词选》等，散文《天长一日》入选茅盾主编的全国大型刊物《中国一日》。以下作品选自《风雨楼诗词选》（安徽人民出版社 1984 年版），所有注释均为作者自注。

小重山·思　归

鼓角声声月夜时，风尘千里地，使人思。吴头楚尾梦神驰，肠欲断，淮上敌横骑。　　八载未曾离，河山皆血汗，马空嘶。满腔惟有五更鸡，天将晓，归去觉时迟。

子夜歌·率部返淮南敌后

苍茫夜色寒星少，晨曦雨露征尘早。北国向南归，高天展翅飞。
雄心留不住，直指烽烟路。更喜炮声隆，催鞭阵阵风。

长山头大捷

魏然与我奉命赴会，旋返。调淮南支队配合三十四旅作战。来去奔驰，我马上咯血。

匹马西从会议归，扬鞭带血倍增威。
淮支奉命星驰阵，十里长山捷报飞。

淮南古道起雄兵，浩荡东风传捷音。
奋起穷追两广老，迎头活捉青年军。

长山头①上千重浪，扬子江边百日惊。
半壁河山待收拾，大军指日到南京。

1948 年 5 月 16 日

---

①　长山头：指十里长山，属来安县古城区。

严 希

插队务农（新韵）

黎明奋起踏征程，旭日一轮冉冉升。
大鸟飞天扬意绪，小苗侵野壮心胸。
双肩挑起沉沉担，两脚旋出虎虎风。
田埂蜿蜒有方向，天安门上战旗红。

第一次上早工（新韵）

天上星星梦里花，哨音忽至我邻家。
披衣出户寒风冽，挑担平田冻土滑。
大嫂温和说要领，老叔憨厚问年华。
鸡鸣犬吠东方亮，晓日一轮破雾纱。

写在母亲追悼会上[①]

脚步匆匆五十秋，一颗热泪眼边流。
向民啼尽杜鹃血，为党燃完蜡炬油。
麦克风前启明鸟，广播站里垦荒牛。
遗产清单唯一份，珠圆玉润好歌喉。

---

① 作者母亲王秀勤是来安县广播站第一任播音员，因常年忘我工作，积劳成疾，53岁时辞世。

寄 儿

三月桃花香,和风送暖阳。
小桥古韵远,老柳新丝长。
舟上歌声绿,湖边记忆黄。
折枝写心语,遥寄少年郎。

秋岁赋

岁似河流月似舟,山雄海阔云悠悠。
人生百载一朝梦,世纪千年几道沟。
蚁小何曾嫌路远,萤微从不望天愁。
此身有幸临尘世,当把赤心暖九州。

电视剧《觉醒年代》观后

一群志士岁芬芳,再造中华意念强。
夜色沉沉心火炽,思潮滚滚剑眉扬。
炮声十月开新宇,红舫百年不断航。
鸽舞晴空霞色暖,血痕隐隐内中藏。

屏前几度泪盈眶,枕上难眠伫夜窗。
弦月清癯云影淡,山林幽邃柳桥长。
曾经九宇千疮痛,当下三春百卉香。
脚踏先驱未归路,镰锤高举向前方。

热血男儿笔作枪,出膛都是大文章。
为民救国丹心烈,辟地开天伟业煌。

寻路何曾忧险阻，投身从未惧夭殇。
江山一展红颜色，群像巍巍万道光。

喝火令·晚　秋

　　落照余晖浅，郊原暮色浓。晚秋风染叶黄红。华发几丝凌乱，神态却从容。　　旧句行囊里，新篇未了中。忘年能向最高峰。且看星稀，且看月升东。且看梦回春晓，遍地是葱茏。

　　杨　勇　1980年11月出生于来安县，本科学历，现任来安县商务局副局长、党组成员。酷爱古典文学，1994年开始尝试文学创作。

秋夜抒怀

良夜起高楼，人间初度秋。
流星情种泪，新月恋人舟。
华发经年舞，碧波逐影流。
未酬沧海志，岂敢少年愁。

山行二首

山中秋气深，野径少行人。
登攀携稚子，小憩瞰亭城。

山深风月远，少见寻芳人。
空涧传流水，引来群鸟鸣。

秋 意

云怜碧水游鱼浅,鸟唱高山枫叶红。
前次秋风签到处,诗情如火较春浓。

游 春

杨柳千条舒碧色,春风十里赞桃花。
且放心怀陶自在,天然之美不须夸。

观 花

花开有色落无声,寂寞空枝寂寞痕。
芬芳之力归泥土,酝酿来年精气神。

观 海

山间忽落微微雨,海面初兴猎猎风。
进退无非潮涨落,得失皆为欲浮沉。

杨　康　1992年6月出生于来安县新安镇营盘街。中华诗词学会会员，安徽省诗词学会会员。

五绝·知　了

谁唱秋风调，自吹度曲妙。
落英落几分，知了知多少。

七绝·静夜思

凉风轻拂额前丝，思绪飘回旧岁时。
也是夜深人静后，孤身赏月藕花池。

如梦令·劫　数

再次相逢陌路，勾起心中无数，往事已成风，却又驻留何故？劫数，劫数，水榭烟楼迷雾。

鹊桥仙·人间惆怅

时逢七夕，风摇银汉，玉树琼枝轻晃。冷香零落坠星桥，画卷里、爱情天上。　　氤氲如梦，镜花伴月，荷叶点波逐浪。钟情流水惹思量，瑶池外、人间惆怅。

青杏儿·度清秋

别夏度清秋，伴落叶，湖泛轻舟，飒飒凉风人惬惬，青山隐隐，白鸥飞渡，天地悠悠。　　年少不言愁，此间刻，作曲吟游，西风阵阵声声和，竹幽水秀，碧荷暗柳，唯愿长留。

四犯剪梅花·画山河

笔匀春色。染河山锦绣，四方红脉。八景青苍，辅雄图佳墨。生机日益。映磐石，上清云碧。瑞鸟争鸣，鱼龙跃进，也儿留白。　　水西翠添竹节。竖高风礼义，惟馨明德。直下描摹，破海疆波隔。桥通两侧。再相识，共赢归一。大国和谐，东君入画，岂分南北。

三姝媚·赴　约

离人行陌路。看薄情西风，落英无数。脚踏枯黄，似那时声乐，别秋私语。幻觉相逢，真赴约、倩兮如故。痴笑寻常，故作轻松，隐欺欣遇。　　绮梦人间花树。叹画里氤氲，显形神女。可是无心，待云霞光景，岂能辜负。只怪东君，错下笔、良辰迷误。才会填词吟诵，同谁倾吐。

一萼红·长山吟

步深幽，看桃红樱秀，棠树映泉流。怪石穿林，清风入袖，香草环绕山头。翠藤共、横穿野径，作曲吟、莺和谷回讴。李白梅黄，松青槐绿，怎个言愁。　　千古几多旧事，是哪些典故，记在春秋。碧落沧溟，浮云叠嶂，谁识半岭寒丘。不若邀、琼妃携老，待来年、揽胜续同游。再到燕归时候，倾酒相酬。

五彩结同心·边　塞

　　山河吟处，将士行边，军威震动云涯。装甲轰鸣也，钢枪试、雄武保卫中华。精兵承命昆仑鉴，看东段、毫米无差。高阳照、升旗五彩，结成信念天葩。　　暖风染薰星土，溢芳香过境，怕引邻家。明戒营门正，修疆固、防贼窃盗繁花。探寻真理红船领，则民任、航道清嘉。听党令、非常能打，百年胜仗如麻。

【双调·河西六娘子】　也写中秋

　　峡海波摇月幽幽，泠泠夜，又中秋，风吹两岸离人首。　　扑面乱啾啾，私语诉悠悠。几时归，共唱酬。

　　杨定秀　女，1934年9月出生于江苏省南京市，专科学历，长期在来安县卫生部门工作，1989年12月退休。

八十抒怀

八十冬夏岁月流，老年大学乐悠悠。
皓首童心人未老，歌声婉转入云楼。
打拳练剑翩翩舞，书画诗词解闲愁。
翁妪欢欣逢盛世，夕阳红遍醉金秋。

七律·荷　塘

稻黍葱葱夏日长，溪流汩汩入荷塘。
蜻蜓点水微波动，鹭鸟吞鱼喙首昂。

翠叶轻摇滚珠露,玉花怒放散清香。
行人不顾骄阳晒,悦目流连美景旁。

七律·元宵节观灯

元宵佳节赏街灯,远近高低挂满城。
百态礼花明似火,千姿妙舞动如风。
龙腾狮舞百船竞,人笑歌飞五谷丰。
喜见春潮来大地,宜翻丝竹庆升平。

七律·美丽双塘新村

耀眼民居徽派房,飞檐翘角马头墙。
楼亭傍水河桥映,岸柳垂枝芳草香。
老少村民知礼仪,往来货物选优良。
徜徉此处看风景,不愧来安第一乡。

采桑子·赏莲花

芙蓉照水清波静,碧叶苍苍,藕茎颀长,玉洁冰清雅丽芳。　　轻舟划破水中梦,红袖生香,歌满莲塘,醉得游人忘返乡。

杨明玉　1949 年出生于来安县。作品发表于《滁州日报》《醉翁亭文学》《来安文艺》等报纸杂志，著有《杨明玉诗文集》。以下作品均选自《杨明玉诗文集》。

故乡行

欲寻故乡路几重，改革难觅旧时容。
新楼幢幢朝阳里，大棚排排菜果丰。
砼道纵横车来往，寒梅映雪犹葱茏。
相逢惊叹人不老，年已古稀未龙钟。

自　勉

花甲喜逢第二春，莫言老朽便沉沦。
子牙八十登坛相，郑集期颐著作频。
盛世扬帆凭借力，初心创业茹含辛。
暮年奋斗谁嫌晚，誓做神州圆梦人。

咏二里桥公园

穿城十里秀春光，一路逶迤僖嫩柳。
列岸高楼傍水依，沿河塑道奔程走。
游人个个喜心头，情侣双双牵玉手。
千载清流洗旧尘，来安此景堪魁首。

读李清照《乌江国亭》而作

死亦鬼雄红袖吟,总为英雄不死心。
韩信甘受胯下辱,越王也曾卧柴薪。
留得青山可种树,好用长剑斩暴秦。
力拔山兮气盖世,空让后人泪满襟。

深山名菜一网捞

深山有佳肴,屯仓一网捞。
杂鱼掺和煮,松枝带湿烧。
前庭起青蒜,后园采红椒。
铁锅响声脆,氤氲香气飘。
食客等不及,举箸又舞勺。
欲知其中味,但看客如潮。

杨永凯 1934年2月出生于安徽省长丰县,1994年在来安县人大常委会办公室主任岗位退休。

谷雨游屯仓

谷雨屯仓即兴游,故朋聚会餐饮楼。
小鱼锅贴待宾客,放眼阁窗景色优。
傍水依山连天绿,渔舟荡漾唱不休。
市人不知农家乐,足食丰衣无忧愁。

对河桥即景

对河流水东郊过，两岸麦苗接远天。
堤上树丛镶绿带，桥头花圃缀春烟。
高楼错落旧颜改，小院毗邻衎道连。
喜看农家小康乐，城乡一体胜桃源。

瞻仰半塔革命纪念馆

皖东圣地半塔山，烈士丰碑耸云天。
将领云集抗顽寇，勇士战绩九州传。
忽报敌酋身被缚，天兵神将笑开颜。
梦圆神州载史册，先烈长眠翠柏间。

叶培鑫 1943年7月出生于来安县新安镇，2003年从广播电视局退休后习诗，2005年始任县诗词楹联学会会刊《永阳诗韵》编委，出版诗词作品集《稻香斋吟草》。

七律·屯仓水库

石固长堤似卧龙，托起平湖蓄山洪。
溪流汇聚三千里，渠道蜿蜒两百冲。
亘境沙河除水患，沿乡农户庆年丰。
消灾造福黎民赞，铭记当年盖世功。

七律·石固山

起伏群峦绕几重，一山兀立上无峰。
根抻湖底探龙阙，顶破云层望月宫。
坚实腰身连水坝，珍稀古迹隐岩松。
涧冲林密东天远，霞映青宵旭日彤。

七律·汉河行

三秋阔别访南乡，不见旧年黄土岗。
栉比高楼傍云朵，纵横大道割羊肠。
温馨酒店迎商贾。茂盛梧桐栖凤凰。
借问村姑难指路，日新月异变沧桑。

七律·游池杉湖

绚烂金秋日映东，平湖画舫渡闲翁。
天鹅曲项啄浮藻，云鹤成群矗碧空。
芦荡穿行操舵稳，莲花怒放映腮红。
清幽湿地池杉茂，游客流连鸟避风。

七律·农家小景

五彩纷呈四月天，农家小景落霞笺。
小楼窗外桃花艳，大院门前砼道延。
坐室销粮通网络，入厨燃气避炊烟。
脱贫致富党恩暖，阔步康庄喜讯连。

风入松·平阳湖垂钓

清晨踏露过芳阡,垂钓柳堤边。朝霞映在平湖上,碧波起,荡皱蓝天。远处扁舟布网,纲浮曲曲弯弯。　　须臾忽见粒漂潜,挥臂速提弦。竿弓钩重金鳞大,移身拽,泛浪圈圈。老叟频频渔获,悠闲可比神仙。

叶永寿　1938 年生于来安县新安镇,中学高级教师。安徽省诗词学会、安徽省散文家协会、滁州市作家协会会员。在《语文教学与研究》《语文世界》《中国教育报》《语文报》等报刊发表多篇文章,参加过《来安县志》的编写修订。出版《清流诗文集》。

来安十景寻(十首)

琉璃日影

正午阳光照井明,琉璃绚彩煜晶莹。
投石震壁鸣商羽,遇旱汲泉飨众氓。
饮水思源生雅韵,筑亭撰记颂清名。
廉泉贪水诚相悖,后世当思喻理情。

八石仙踪

八石聚会访刘公,四望仙人匿影踪。
隐隐机声传耳际,巍巍线塔列长龙。
平阳水库波澄碧,垄上禾苗绿意浓。
造化千年回正气,人间盛世大繁荣。

沙河带练

曲岸晴沙皱碧纹,渔舟唱晚漾祥云。
迂回绿水流如带,紧抱城垣拱似门。
水榭曲栏增古韵,苔茵草径赏缤纷。
宏图伟业求发展,地覆天翻处处春。

玉石霞光

萋萋异草厚如茵,绿柳花溪隐梵琳。
夕影朝晖流五彩,晨钟暮鼓度迷津。
沧桑巨变僧人远,斗转星移稻麦新。
玉寺霞光成往事,徘徊旧址待行吟。

五湖环秀

罗顶村前见五湖,环山未改景屠苏。
红墙黛瓦新村落,树影清晖老画图。
汽运穿梭行省道,渔舟往复荡平湖。
随风入耳书声琅,巧见贤淑采药姑。

天竺迎晖

沿溪数里水将穷,古有名禅在雾中。
黛岭青峰拥梵境,朝晖晓日郁葱茏。
岚光水色生遐想,胜地寂寥诉苦衷。
引凤筑巢深打造,休闲度假业恢宏。

龙泉云气

蟠龙伏虎各东西,雾笼腾蛟洞里栖。
潏潏泉流抒远志,浓浓暮霭意酴醾。
悠悠古道曾停马,代代名贤咏故籍。
两省通衢金宝地,休闲贸易尽相宜。

马岭风声

一峰兀立势雄岿,树蔚篁深访翠微。
峭壁凌云蹀躞径,风声啸壑万山回。
飞鸿望断生联想,墨客抒怀叹物非。
自古堪称观景地,何时靓丽展光辉。

石固祥呈

兀立苍穹对峙山,湖光潋滟映蓝天。
山形陡险宜筑垒,地利攻防是隘关。
抵御金兵升帅帐,操戈义士守营盘。
呈祥史载绝佳境,保护名山出重拳。

舜歌樵乐

山深古寺远隔尘,曾有箫韶伴梵文。
贝叶香烟荒废久,孤碑冷月度昏晨。
枫红竹翠诸峰美,暮黛朝岚满目新。
胜地樵歌仙幻境,禅林只盼早回春。

雾中游双龙湖

云蒸雾绕笼苍穹,树影层峦水墨中。
峻峭山崖攀险径,迂回险谷劈蕨丛。
鸟飞兔走鱼潜底,脚动石移魄恐忡。
不恋舒心常历险,人间困境尚亲躬。

永阳花灯汇

金牛起舞百花妍,艺苑奇葩朵朵鲜。
竞技船灯开场戏,奔腾骏马再加鞭。
长龙滚滚凌空过,花鼓声声笑语喧。
汇聚新城营百业,心高志远永阳先。

来安美味

火辣龙虾出永阳,烧鸡味里透竹香。
汊河牛肉惊宾客,古月一绝赖品尝。
半塔全羊真美味,屯仓一网世无双。
雷官水口精厨艺,鸭宴鹅煲炫四方。

余世明　1944出生于来安县,酷爱古诗词,2004年于来安县检察院退休。

逛蝴蝶公园

春光明媚风和淡,迈步出门逛芳园。
沿道菜花蜂采蜜,游程景色蝶斑斓。
满园树木芽萌翠,绽放群花竞比颜。
游客开机抢美景,留存影相伴华年。

四里岔广场晚景

日落西山夜幕降,醉欢四里广场狂。
连枪飞舞流星雨,歌舞童车乐海洋。
群演艺才腔调美,欢声笑语喜形扬。
政和文顺庶心悦,民富国强享泰康。

三里桥公园

清清流水跨蓝桥,亭亭廊宇姿态娇。
莲朵嫣然随浪舞,喷泉飞溅齐楼高。
欢歌候鸟满眼是,倒挂柳丝千万条。
白玉栏杆倚游客,休闲赏景乐逍遥。

湛维忠　1937年4月出生于来安县，1962年起在省直单位工作，1975年起在来安县直机关任职，1998年退休。

中秋夜思念海外孙

海上生明月，中秋月更明。
今夜人尽望，佳节思生情。
秋风着凉意，北雁南飞行。
学子在海外，何时是归程。

七绝·西环路晚景

十里康庄映夕阳，圃花林带散幽香。
华灯初上行人凑，漫步轻歌笑语扬。

七律·舜山林桥

平畴十里散芬芳，大道宽平绿着装。
树木葱茏鸥鹭啭，圃花鲜艳蝶蜂狂。
河流环保昂楼宅，食物安全誉市场。
政策富民呈硕果，卅年改革铸辉煌。

张恺帆 （1908—1991），出生于安徽省无为县（今无为市）忠台乡。1928年加入中国共产党。1933年初到江苏省委工作，先后担任中共上海吴淞区委书记、沪西区委书记。因叛徒出卖被捕入狱达4年之久。1937年10月回到安徽，历任中共皖中工作委员会委员、团政治处主任、新四军五支队秘书长、来安县委书记、淮南行政公署秘书长、淮南区（今淮南市）党委秘书长、皖江行政公署副主任、皖南地委副书记兼组织部部长、苏皖边区政府秘书长、人民解放军山东兵团前委秘书长、合肥市委书记等职。中华人民共和国成立后，历任皖北区党委秘书长、淮南矿委书记、安徽省委统战部部长、安徽省人民政府副主席、安徽省人民委员会副省长、省委书记处书记、省政协三届副主席等职。张恺帆是著名书法家和诗人，先后担任全国诗词学会副会长、全国书法家协会名誉理事和省诗词学会名誉会长等职。所选诗词均出自《张恺帆诗选》（安徽文艺出版社1997年版），注释均为作者自注。

龙华悼念死难烈士[①]

龙华千古仰高风，壮士身亡志未穷。
墙外桃花墙里血，一般鲜艳一般红。

[①] 这首诗原是用铅笔写在龙华监狱的墙上，因为我睡的是双人床上铺，写得比较高，难以被人发现。中华人民共和国成立后我军在清理敌人监狱时，发现了这首诗，误认为是烈士遗作。萧三同志在他主编的《革命烈士诗抄》中收集了这首诗，署为"佚名"。后来，萧三同志发现是我写的，来信向我说明并致歉。我在复信中说，"我是幸存者，能获烈士称号，当不胜荣幸，何歉之有!?"
龙华有很多桃树，看守所大院围墙外，每到春天桃花盛开，一片鲜红。
凶残的敌人经常在夜里枪杀革命者和进步人士，烈士柔石、殷夫、胡也频等左联作家以及进步学生，就是在深夜被集体枪杀于龙华。这首诗就是我为纪念柔石、殷夫、胡也频等烈士而作的，时间约在1933年底、1934年初。

北撤途中①

千军万马走阴平,回首南天不胜情。
百战河山余碧血,十年淮海有啼痕。
孤城日暮寒笳急,北地风高战马鸣。
休道独夫凶焰盛,从来胜利属哀兵。

南柯子·大军渡江前夕

北国迎春早,南天尚雪寒,长淮风月等闲看,百万旌旗指日下江南。盛事空千古,欢声动两间②。穷愁古国换朱颜,万里晴空一片锦江山。

张文焕 (1932—2017),来安县人,1949年7月参加革命,1974年7月历任中共来安县委常委、县委副书记,1987年4月任县政协主席、党组书记,1993年12月离休。

前进中的来安

日丽风和催发生,满园春花来安城。
志士仁人抓机遇,东向战略速飞腾。
同心协力勇开拓,艰苦奋斗创繁荣。
喜看永阳变化大,捧起金樽敬贤能。

---

① 阴平在山东陇海铁路线上。1946年秋国民党向江苏淮阴大举进攻,当时淮阴是苏皖边区政府所在地,我任苏皖边区政府秘书长。为了避免打消耗战,边区政府决定,向山东撤退。
② 两间:天地间。

咏长山

绿水青山如画廊,松涛碧波阵阵香。
榆柏黄樟浑交翠,秋来无处不风光。

品　茗

苍松翠竹绵坡崖,溪涧碧水石径斜。
坐品长山观茶色,清香扑鼻小兰花。

山　竹

坚贞气质攀峋岩,不屈不挠扎石间。
无惧山风横雨打,盘根错节斗冰天。

园丁颂

粉墨生涯数十秋,默默耕耘意满酬。
循循善诱育桃李,谆谆教导做子牛。
呵护蓓蕾鲜艳绽,修剪幼苗别无求。
尊师重教人称道,满园芬芳美名留。

金秋即兴

秋风吹动丹桂香,金色紫烟拂永阳。
百里稻浪碧涛起,千层禾谷惹人狂。

喜看田家迎硕果，带笑黎庶分外忙。
勃勃生机小康近，千载才逢共辉煌。

周传江　1965年出生于来安县水口镇清水村周大郢，中华诗词学会会员。

七律·谒孔庙孔府孔林

宝殿巍巍矗九重，文章道德涤世风。
圣人睡梦逾千载，小辈诚心作几躬。
北往南来烧香客，上行下效记中庸。
诗书满腹才华贵，教诲时时震耳中。

七律·庚子春偕诸友登古清流关

缘聚关山是故交，清流古道荡诗潮。
乱石铺就千年路，深壑铸成万载谣。
犹忆唐时兵器响，乐观今日胆壮豪。
回眸隘口青云矗，大美滁州景玉娇！

春光好·初　春

天趋暖，日延长，绿盈窗。极目蓝天寻雁阵，正高翔。　　尖草土皮拱破，柳梢芽嫩微黄。万物尽情春日里，谱华章！

周庶昌 1935年出生于来安县，1951年参加工作，教师岗位退休。2003年6月，在"秦风杯"诗词大赛中获一等奖。2005年至今，《当代诗词选萃》《秦风二十五年汇编》《永阳诗韵》等书刊收录、发表其近体诗近200首。

自　况

不向天台求异客，偏来梦泽效浮鸥。
推敲邓论崇先觉，击节唐音识主流。
北阙垂恩民足食，南窗寄傲我无忧。
怡情野壑编丝柳，几坐春栏弄钓钩。

与伯符吟丈共寿六九

行年六九不旁求，所欲从心乐事稠。
少困围城亲淡雅，多聆圣训戒轻浮。
寒风易发虬松赞，涩绪难成白雪讴。
伏枥强刍思致远，骚坛展足谢青眸。

扶藜欲上最高峰，放眼南山颂庆彤。
碧水多情陶韵客，青山着意育凋松。
安贫陋巷能行乐，戒得衰龄足自封。
际此清时当自勉，投身改革远周颙。

从今七十不为稀，借重严光觅钓矶。
得意弦歌凝夏露，怡情雅调出春闱。
壮遭左虐心犹颤，老入蔗园体正肥。
十载嘤鸣求砚友，斯文骨肉赞无违。

五律·村居遣兴两吟

素士爱村居，营生乐有余。
林深寻倦鸟，水阔戏游鱼。
载露幽兰放，迎风岸柳梳。
清茶酬韵友，美食荐园蔬。

立命重修齐，心清路未迷。
酒来攻比兴，花盛唱无题。
闭户书常读，爬山杖不携。
随缘皆自得，何必问天梯。

七律·感 秋（二首）

知 秋

西风萧飒放秋晴，扫却尘霾万里清。
思润干禾殷待雨，弄潮韵客壮行程。
头颅早已欺霜白，肺腑差堪对月明。
毕竟孤吟诗料少，权将落拓写平生。

伤 秋

《秋声》三读忆欧阳，漫地幽情触目伤。
明月照人欣共度，黄花伴我淡相忘。
萤能凑趣光蓬壁，鼠亦添忧坏墨囊。
静衣萦思排遣术，稀疏雁阵又南翔。

七律·原韵奉和袁志尧吟丈《九十抒怀》

广陵耆宿爱吟秋,爽朗情怀汇主流。
杏林传承荣汉阙,骚坛酬酢入诗舟。
期颐预祝君行健,耄耋赓歌我壮游。
际此春光呈寄语,盈庭玉树亮莺喉。

诗场久慕贯珠喉,盛世欢歌忆畅游。
守道鸿儒承化雨,趋阶秀彦乐同舟。
胸中立壑融今古,笔下龙蛇记涌流。
鸠杖常携陶韵客,耕耘翰苑任春秋。

七律·向抗疫英雄致敬

毒魔肆虐祸江城,天使誓师逆向行。
祭鳄先锋功赫赫,驱邪斗士铁铮铮。
亲临疠窟谁先我,定格雷区死后生。
共克时艰除疫逆,赢来禹甸遍春声。

庚子非常挺鲁戈,白衣壮举震山河。
深思熟虑研良药,救死扶伤战恶疴。
圣洁心灵昭上国,高超医技制妖魔。
当仁不让乎名望,大爱中华赞伏波。

中枢号令振乾纲,抗疫精英斗志昂。
报国豪情夷险阻,拔关睿智镇嚣张。
坚持自信严防控,笃定前行向富强。
多难兴邦迎大考,纷纷战绩记辉煌。

周元桂　1941年11月出生于来安县，安徽省作协会员。1963年本科毕业。中学高级教师，从事高中化学教学40年，曾为安徽省中学化学教学专家组成员。退休后，在各级报刊上发表散文近100篇、古诗词200余首。2016年出版散文集《大雾求真》。

七律·舌耕田

从教今生数十年，盈香酿蜜育青贤。
开篇淬汁灌桃李，落笔融知塑方圆。
睿启良思天揽月，勤浇汗水舌耕田。
痴心不改一生献，矢志园丁享教鞭。

七律·"一带一路"礼赞

茫茫大漠驼峰亮，漫漫雄关程迹荒。
万里云天连异域，千年丝路逸余香。
商行陆海风帆顺，贸换稀珍交易忙。
古道新途双得惠，沟通盛事永流芳。

七律·咏　荷

谁使芙蕖别样嫣，倒提朱笔绘蓝天。
沉红仰绿鱼游浅，映日摇盘珠滚圆。
敢向泥渊横玉体，羞迎羡客挺芳肩。
宋儒痴爱吟名赋①，从此吟花贵颂莲。

---

① 指北宋理学家周敦颐因酷爱莲花之高洁而写的《爱莲说》。

七律·岁月余欢

无求福禄重康安,残烛余燃热未阑。
世事嚣暗埋眼底,人情厚薄淡心端。
莺飞老树春阳暖,蝠舞新檐夜雨寒。
纸上耕耘闲拾韵,书中岁月尽余欢。

七律·去故人庄

日暖风和竞奋蛙,寻芳践约故人家。
春犁织垄田藏梦,薄雾撩人庄笼纱。
久久念朋情胜酒,纷纷留客话如琶。
坡前屋后香钻舍,却是园桃正绽花。

满江红·月下荷

夏夜郊原,悬皓月,草封瘦圃。荷塘谧,绿溶陌野,幸而宵树寂虫鸣池未息,追光鱼戏蛙鸣鼓。绕岸行,缓步踏清幽,莲为伍。　　禽偶唧,鱼吞吐。鲜花众,荷为主。宠芙渠月色、值吟千古。不染污泥精粕洁,憨摇嫩蕊姿容妩。舞绿裳,盘叶叠巾裙,遮羞女。

念奴娇·第一个教师节感言

校园轰烈,正嘉庆,九月煌临师节。笑语欢歌,花怒放,怦动胸扉一叶。幅灿堂辉,词亲句热,慰勉频频惬。尊师重教,律规从此兴设。　　遥想师晦千年，位卑强说九①，身心凝裂。史越时迁，逢盛世，气吐眉扬心悦。教棒婆娑，风流应你我，力培才杰。残烛煌照，焰消灰尽方歇！

沁园春·皖东烈士陵园

屹立凌空，势跃姿雄，史震四方。惬登高远眺，群山流翠；凭栏环视，满目丰黄。瀑挂龙潭，湖铺细浪，十里茶园横送香。抬头望，塔耸神兵像，气锐容苍。　　国人谒祭常常，仰革命先贤敬意长。看碑凝功著，刘张②智勇；馆藏峥史，陈粟③睿旸。一代英豪，风云叱咤，血染层岩华夏昌。沧桑变，喜神州崛艳，东皖驰骧。

金缕曲·追思焦裕禄

后世怀英烈。奏强音、心灵闪烁，志飞天阙。岂惧风沙遮望眼，巨擘弹霜拂雪。为己任，身先凉热。惟愿丛荒成碧野，蔑艰辛，只为民心悦。撑病体，任肝裂。　　恰逢尽孝清明节。就晴岚、荒山铺卷，梦圆尤切。顶亮乌沙尘不染，官德冰清玉洁。逝后愿、桐荫补缺。公仆英模为群念，振人寰、反腐当心铁。牢记取，洗心澈。

---

① 指蔑称知识分子为"臭老九"。
② 指刘少奇、张云逸。
③ 指陈毅、粟裕。

人杰地灵赋来安

吾邑来安，乃历史悠久沧桑传奇之乡。秦设建阳经年二千余载，唐初析清流设县取名永阳。永阳改名来安，肇始于公元958年的五代南唐。从此来安与州治清流县，分分合合，和尘同光。

似因上帝挥玉臂，捏吾邑地貌呈三状，北山南圩中丘岗。一水中分滋两岸，三境贯通势浩莽。县志载，昔日的老县城，街巷辐布：黛瓦亮飞檐，铺列货琳琅；文庙书院儒风气，禅寺道观弥供香；六城门典雅壮观流古韵，八大集逢期交错农贸昌；来河曾橹舟达金陵，小商贩叫卖串城乡。小农经济，脉跳四方。

县北境，丘峦如练，林啸山岗，绵连苍翠，霭筛天光；库水倒影媚夕照，山岚蒸露拢朝阳。中域，岗畴起伏，塘沛星罗，渠坝纵横，协共来河免旱殃。绿树村边合，瓜果叶下藏；耕夫叱牛响畴野，五谷参差济口粮；民勤劳而自给自足，稻麦兼收而担稼禾之纲。安贫乐道，信守忠厚传家久，勤劳乐天，崇尚耕读维小康。南区，圩田如卦密，水绕田畴镶；无涝易丰收，积粮常盈仓；民耐劳而俭朴，人灵动而思放。傍金陵而视远，利发展而利彰。朝去宁，暮返里，一日跨省游，来来往往。

先贤有道，来安古韵厚在北境：孔雀寺曾与琅琊寺争胜，尊胜禅院的曹寅题字碑，记述院史如数家珍道其详。碑之发现，为浓墨重彩的红楼考证学，奇添一缕芹墨香。苟孝子庐墓尽孝生灵芝受奖于宋徽宗；石固山民智勇击退来犯金兵感动了宋高宗；石固山下现驺虞州官献帝京祥悦了明宣宗，此乃古石固山之"吉祥三宝"也！

嗟乎，今日来安，已非昔比：新楼鳞次，灯火与星光共熠；旧筑弥新，文脉与古韵并长。须刮目相看者，如今名胜多且各具特色：皖东烈士陵园，一塔耸红史，千松壮烈芳；河瀑挂龙潭，烈湖渺天光。受教育谒祭者络绎不绝，缅怀革命先烈倍景仰。陵园，乃一册读不完的"照汗青"史章。汊河经济开发区，傍南京借力正腾飞，国道横贯千里畅；运筹拓展百业兴，楼群比立竟热商。为南京都市圈所青睐，标安徽东大门之志昂。区位优势彰潜力，有志者能不向往？池杉湖湿地公园，杉奇莲异水禽珍：游船穿梭乐徜徉；鹭飞鹤舞，众杉水下摇倒影，鸟鸣天籁，荷丛蕾朵溢清香。君知否？"湿地"被喻为"地球之肾"，物种谐繁衍，生灵乐天堂，千姿百态，浮跃游翔，夺眸醉欣赏。有识者能不向往？

　　噫吁，如今的来安，筹谋划策南移东向，合拍时宜层出华章。热土招投，百业生惠天行健，改开并辏格局煌。夫来安取胜有道，远谋卓施促小康。来者即安谓"来安"，永晖朝阳是"永阳"。昔日吾邑乃小家碧玉之容，如今已呈雍容华贵之状。古邑幸逢春，壮行愿景煌。

　　借问来安在哪里？答曰：在与南京一河之隔俨然成为其城郊之处；在清初平"三番"立奇功的周球的《周都督年谱》里；在哈佛大学硕士校友、美国两任内阁部长赵小兰之母朱木兰的故居相册中；在两院院士、世界著名航天科学家、"七一勋章"获得者陆元九的故乡记忆里。欣夫哉，地灵人杰兮来安！

诗意漫谈

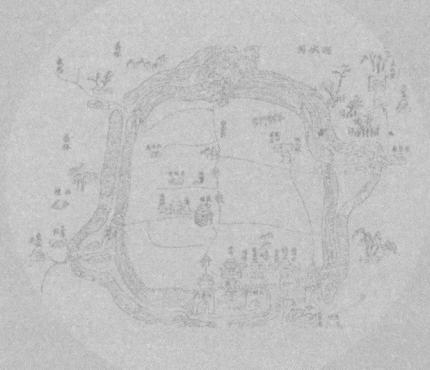

也谈"泉香而酒洌"
——兼论"通感"艺术手法

黄学海

《教学研究》1985年第5期载荆昌汉同志《〈醉翁亭记〉的两个问题》一文,认为"泉香而酒洌"一句和"环滁皆山也"同是"玉中之瑕"。其理由是"泉水一般是没有香气的。今天的让泉并无香味,欧阳修时代大约也不会有香味,因此,'泉香而酒洌'就不大恰当了。我认为'泉洌而酒香'的说法比较合乎生活实际"。荆文所说,笔者不敢苟同。

说"泉水一般是没有香气的",这是事实;说"今天的让泉并无香味",这也是事实。笔者曾与"让泉"为伴,相守4年之久,朝夕饮用让泉之水,的确嗅不出它有什么天然香气。至于欧阳修时代的让泉我们也可权且承认它是没有香气的。但是承认让泉之水自古及今并无天然香气,是否就可以断定"泉香而酒洌"的说法是"不恰当的"呢?恐怕不能,而且绝对不能!如果说能,就等于说,闻不出香味的东西都不能以香言之,也就否定了文学作品中许多无香而言香的名句,也同时否定了"通感"这种艺术手法的存在。

事实上,不独欧阳修,古今文学作品中把并无香味的东西,赋以香味的描写,俯拾皆是。

"竹初无香,杜甫有'雨洗娟娟静,风吹细细香'之句;雪初无香,李白有'瑶台雪花数千点,片片吹落春风香'之句;雨初无香,李贺有'依微香雨青氛氲'之句;云初无香,卢象有'云气香流水'之句。"(《历代诗话》卷四十九《香》)竹、雪、雨、云本无香,为什么说它们是香的呢?不香的东西说香,按荆文所说不是违反了生活实际了吗?还是看看周振甫先生的阐述吧:

"经过雨洗的竹子显得更其高洁,说'雨洗娟娟静',它是那样洁静,唤起诗人说的'天寒翠袖薄,日暮倚修竹',从修竹联想到佳人……佳人才有'风吹细细香'来。诗人把'雪花'和'春风'联起来,在他眼里的雪花,已像春风中的'千树万树梨花开'了,把雪说成春风中的花,自然要说香了。把雨和云跟'氤氲'和'气'连起来,这就同氤氲的香气连起来了,这大概和春天的氤氲花香结合着,所以雨和云都香了。这样,视觉通于嗅觉,写出这些事情的'感动人意'来。用通感来解释,是不是可以体会得更深切些。"(《诗词例话》)

本无香味之物,在诗人的笔下却以眼看出香味来了,这正如周振甫先生所说,是通感艺术手法的运用。

在文学创作中,不仅有以眼看香的描写,还有许多以耳听香的佳句。清李慈铭《叔云为余画湖南山桃花小景》云:"山气花香无着处,今朝来向画中听。"明贾惟孝《登螺峰四顾亭》云:"雨过树头云气湿,风来花底鸟声香。"王贞仪《张兆苏移酌根遂宅》:"香声喧橘柚,星气满蒿莱。"耳只能知声,何以听香?按荆文观点,这也是不合生活实际的。说有香之物可听出香来不切生活实际,那要说"鸟声"这本无香之物,可听出香来,岂不是咄咄怪事?非也!以上诗句也是运用了通感的艺术手法。这些听"香"的描写体现了我国古代的一种美学观点,是"诗人把一种感觉印象转化成另一种感觉印象",这就"使诗人的描写对象感情色彩更加浓厚,更富有诗意"(《美育》1984年第6期《听香及其他》)。

既然能说竹香、雪香、雨香、云香、鸟声香,那么,为什么不能说"泉香"呢?既然视觉能通于嗅觉,听觉能通于嗅觉,为什么味觉不能通于嗅觉呢?

众所周知:"人的眼、耳、鼻、舌、身等各种感官领域,并非相互绝缘,而能彼此打通,相互转移。炎热的盛夏,你走进冷饮店,看到墙上挂着北极冰川的图画,往往会产生凉爽之感,这是使视觉转化为感觉;孩子磨牙时,往往使听者的牙齿发酸,这是听觉转化为味觉。"(《语文战线》1984年第9期《什么是"五官通感"》)

如此看来，欧阳修当年看见那清澈的让泉之水（视觉感受），品尝那甘凉的让泉之水（味觉感受），极感其色佳而味美，似嗅到美味佳酿的扑鼻香气（转化为嗅觉感受），心舒意快，故以一"香"字赞誉让泉之水，不也正是通感手法的妙用吗？

综上所述，笔者认为"泉香而酒洌"非但不违反生活实际，而且是绝妙之词。正是一"香"字，不仅使人看到了让泉的清淳，尝到了让泉的甘美；也使人嗅到了清醇甘美的泉水酿造的美酒的香味，它增添了文章的诗情画意，给读者以想象的余地，并且从这想象中获取美的享受。这种"香"字的运用，正应周正举的说法："赋予客观事物一种令人感到愉悦的、美好的属性，这就不但把描写对象表现得更动人、更富有诗意美，而且把读者的欣赏想象引导到遗形得神的审美境界，使读者获得美感。"（《美育》1984年第6期《听香及其他》）

通感艺术手法有如此重要的艺术效果，难怪后来人把它引进了各种文体创作中去。朱自清《荷塘月色》中有云："塘中的月色并不均匀，但光与影有着和谐的旋律，如梵婀铃上奏着的名曲。"该句把流动的光波，描绘成动听的音乐，把视觉、听觉沟通起来，使人从多方面品味朱先生描写对象的属性，从而获得多种的、具体的、鲜明的、可感的印象，得到强烈的美的感染。臧克家《春鸟》云："歌声，像煞黑天上的星星，越听越灿烂，像若干只女神的手，一齐按着生命的键。美妙的音流，从绿树的云间，从蓝天的海上，汇成了活泼自由的一潭"。这几句诗，情辞兼美，音韵和谐，婀娜多姿。"生命的键""绿树的云间""蓝天的海上"等比喻，使诗的意境极为开阔，而由想象而来的通感更使构思新颖别致。不说"歌声""清脆响亮"，而说像"星光灿烂"，而且"星光灿烂"是听到的；不说节奏"和谐悦耳"，而说"像若干只女神的手，一齐按着生命的键。"说"音流"汇成"活泼自由的一潭"，让人似"看"到了清澈碧绿的春水之淙淙。这就是听觉与视觉的巧妙相通。

这种通感，注入了人的主观感情色彩，让读者多层次、多角度地发挥联想的余地，进行艺术推理。因此，通感的审美价值是有多种意义的、丰富的。理解了它，也就不至把"泉香而酒洌"之类当作"玉中之瑕"了。

周振甫先生在《诗词例话》中阐述"通感"这一艺术手法时，批评纪昀、冯班对林逋"众芳摇落独暄妍，占尽风情向小园"的指责说，纪、冯"是不知通感所产生的"，并指出"写诗不是写科学报道，冯、纪两位未免太拘泥于气候了。"我们也应从周先生的话中悟出点道理来，不要把文学作品当作科技说明文而过于拘泥。

（原载《教学研究·中学文科版》1986年第6期）

诗人在场与地域性写作

王 强

每个诗人都或长或短地生活在一定的地域，不言而喻，地域反过来也或多或少地对诗人的写作造成影响，正是由于不同地域的环境差异、时代差异和民族差异，让我们读到的诗歌作品呈现出不一样的人文景观、鲜明特质和迥异风格。

"文学地理"这个概念最早是由近代学者梁启超先生提出的，文学的地域性写作也早有论及。诗歌作为文学的一个分类，与地域的关系可谓千丝万缕。我国第一部诗歌总集《诗经》里的《国风》就是最早的地域性写作，诗歌史上这样的例子很多：汉代的边塞诗、东晋陶潜的田园诗、唐诗宋词里更是俯拾皆是……

美国诗人罗伯特·弗罗斯特说过："文学始于地理。"这里的地理不是闭塞的，而是一个开放、包容和流动的概念。说到诗歌的地域性，我想需要对它的写作范畴进行一些梳理：首先，它有内外之分，内是指诗人当下生活的真实的地域，外是指诗人曾经暂居和游历的地域，这种内外结合的地域性写作，在古今中外的诗歌中比比皆是；其次，它有虚实之别，诗人以所在地域作为写作背景为实，当然，诗人也可以虚构一个地域作为写作背景，如但丁的《神曲》、李白的《梦游天姥吟留别》等；另外，还有一些诗歌作品在处理地域性写作时虚实相间，真假难辨。正是由于诗歌地域性写作的范畴之广，让即使身处同一地域的诗人，写同一题材的作品时，由于每个人的经历和体验不同，写出的作品也会呈现出一定的差异性。

不仅仅是诗人，任何人都无法回避甚至逃避自己生活的区域。纵观人类文学史上，因一个作家或诗人的一本书、一篇文章或一首诗歌，让一个原本名不见经传的地方成为文化符号的事例很多：李白的桃花潭、张继的寒山寺、亨利·戴维·梭罗的瓦尔登湖、彼得·梅尔的普罗旺斯……

诗歌地域性写作的在场，把诗人能够经历的区域缩小了，诗人如何在特定的地域里写作并让它产生文学意义，是个现实而长远的问题。

作为写诗的个体，我想更多的是出于自己的兴趣爱好，抒发一下自己的感触，至于能否产生文学意义，可能并没有想得太多，但我们也有责任和义务写好家乡的景，抒好家乡的情，向外界推荐自己的家乡，回馈一下养育我们的家乡。山川风貌、历史遗迹和方言习俗，都是一个地域的固有生态，也是诗人们与生俱来的养料，如何利用这些取之不尽的素材写出好的作品，我想从风物的角度，要写出它们独有的特质；从诗人的角度，要写出自己的独特感受；从发展的角度，要摆脱地域性写作可能带来的局限。诗人的在场，让诗歌的地域性写作不能顾左右而言他。尽管说万事万物皆可入诗，但具体到地域性写作时，必须有所取舍，就像各地特色小吃一样，人无我有，才能招揽顾客，并让顾客离去后留下回味。

作为写诗的群体，则需要一个能够协调和团结大家的组织，来牵头共同进行和完成一些文学事项。写是一方面，宣传是另一方面，只有通过两者的结合才有可能提升本地的文学形象。另外，形成诗歌传统也很重要，一个有诗歌传统的地域，诗歌传承往往做得很好，也更容易形成合力，对提升文学形象有潜在的推动作用。

我们生活在滁州，欧阳修的《醉翁亭记》把醉翁亭推向全国，并让它从文学意义上升到文化意义，成为一个文化符号。每个诗人都有属于自己的心灵地域，尽管说，写什么和怎么写都是诗人自己的事，但只要诗人还有热爱家乡的情意，愿意为自己生活的地域添一点色彩，这应该不是什么难事，至于能不能产生文学意义，我们不去努力和尝试，永远都不会知道。

（原载《醉翁亭文学》2020年第2期）

诗化的哲理　哲理的诗
——试论艾青诗歌的哲理特色

严　希

艾青是当代著名诗人，他以他那极富个性色彩的歌喉卓然成家，他那独树一帜的诗风在诗坛绽放着异彩。在他的艺术风格里，有一个鲜明的特色，这就是他善于从生活出发，从活生生的无比丰富的现实世界出发，通过具体的形象揭示时代的本质和社会发展的规律；善于把抽象的道理转化为具体的可感的形象，把深刻的道理融入诗的意境之中。可以说，他的许多优秀诗作是诗化的哲理、哲理的诗。

一

艾青诗作的哲理特色，突出地表现在它们几乎都有一个从现实中提炼出来的富有哲理性的主题。艾青说过："诗不但教育人民应该怎样感觉，而且更应该教育人民怎样思想。"（《诗论·思想》）"诗是人类向未来寄发的信息，诗给人类以朝向理想的勇气。"（《诗论·诗》）诗人具有哲学家、思想家的头脑和灵气与智慧，善于用独特的观察生活和表现生活的角度与方式，把对生活、对社会的深刻理解，提炼和凝聚成闪耀着思想火花的哲理，从而成为诗篇所表达的主题。因此，艾青的一些诗作的主题往往具有鲜明的独创性，表达了诗人对人生、对社会、对真理的探求以及对阶级、对时代重大问题的思索，具有思想家的真知灼见。

曾经被歪曲、污蔑为"个人主义者自我扩张的嘶喊"的《时代》，是艾青满怀激情唱给时代的一首辉煌的颂歌。诗中蕴含着诗人对生活、对时代的深刻认识和精辟见解，洋溢着诗人甘愿为"波澜壮阔、绚丽多彩的时代"而战斗、而献身的豪迈气概。诗人深深感觉到和时代洪流一道前进的欢乐，同时也意识到前进的道路危机四伏、困难重重："——纵然知道由它带给我的/并不是节日的狂欢/和什么杂耍场上的嬉笑，/却是比一千个屠场更残酷的景象，/而我却依然奔向它/带着一个生命所能发挥的热情。……我要迎接更高的赞扬，更大的毁谤/更不可解的怨仇，和更致命的打击——/都为了我想从时间的深沟里升腾起来……"读着这振聋发聩的诗句，我们不由地想起列宁引用过的车尔尼雪夫斯基的名言："政治活动并不是涅瓦大街的人行道"（《列宁选集》第 4 卷第 226 页）；想起毛泽东说过的同样的真理："革命的道路，同世界上一切事物活动的道路一样，总是曲折的，不是笔直的。"（《毛泽东选集》第 2 版第 1 卷第 15 页）后来我们党和国家在前进中探索受挫，以及诗人个人的遭遇也印证了这一真理。

"诗不仅是生活的明哲的朋友，同时也是斗争的忠实伙伴。"（《诗论·思想》）艾青的一些优秀诗作，尽管在不同时期所体现的人民的思想、情绪、要求和愿望各不相同，但它们注重表现深刻的哲理思想始终一致。在黑暗的年代，他用利刃般的笔解剖了资本主义制度下的社会，揭露其腐朽本质，宣告其必然灭亡的命运（《巴黎》《马赛》）；他也以富有启示性的语言，让人们从黑暗中看见光明所在（《春》《街》《他站起来了》《树》）；他还通过一个向往、追求革命的小资产阶级知识分子由彷徨到坚定的故事，给广大青年指明前进的方向（《火把》）。中华人民共和国建立后，尤其是在粉碎"四人帮"以后，他的诗歌的哲理性更强了，富有哲理性主题的诗篇在其作品中所占比例更大了，突出表现在诗人对生活、对时代意义更深刻的思考，对人生真谛更有力地探索。像《珠贝》《好》《烧荒》《电》《镜子》《鱼化石》《盆景》《光的赞歌》《在浪尖上》等，全是诗人深入思考的结果。尤其是《光的赞歌》，通过对光的礼赞，通过描述光的斗争，通过关于光的过去、现在和将来的抒写，高度概括和深刻反映了人类自有文明史以来，光明与黑暗、科学与迷信、智慧与愚昧、唯物与唯心、前进与倒退、革命与反动的生死搏斗，并鼓舞人心地展现了前者必然要战胜后者的历史规律和客观真理，充分表现了诗人对革命和人生的深刻、精辟的见解。这首诗所揭示的是深刻的社会本质,所追求的是巨大的思想深度和客观存在的历史内容,所达到的是政治和艺术、思想和形象、哲理和诗情的完美统一。

二

艾青诗歌的哲理特色,主要体现在揭示和表达富有哲理性的主题上,同时也体现在提炼富有哲理性的警句上。田间说过:"警句像是诗的眼睛,明亮放光。"(《诗刊》1980年第8期)臧克家也说过:"诗要有警句。如果把诗中每一个字比作砖瓦,那么,警句就是梁柱。"(《诗刊》1978年第7期)在艾青诗作中,这"明亮放光"的可以充作诗篇"梁柱"的警句俯拾即是,它们凝结着生活和斗争的哲理,往往成为一篇之警策。现略举数例于下:"大堰河,我是吃了你的奶而长大了的你的儿子,我敬你爱你!"(《大堰河——我的保姆》)"你是财富和贫穷的锁孔,你是掠夺和剥削的赃库。"(《马赛》)"人问:春从何处来?我说:来自郊外(龙华)的墓窟。"(《春》)"必须从敌人的死亡夺回来自己的生存"(《他起来了》)"让我们走在众人的愿望所铺成的道上吧,让我们走在从今日的世界到明日的世界的道上吧,让我们走在每个未来者都将以感激来追忆的道上吧!"(《他死在第二次》)"生命应该是永远发出力量的机器,应该是一个从不停止前进的轮子。"(《火把》)"即使我的脚踵淋着鲜血,我也不会停止前进。"(《我的父亲》)"假如没有你,太阳,一切生命将匍匐在阴暗里,即使有翅膀,也只能像蝙蝠,在永恒的黑夜里飞翔。"(《向太阳》)"我们爱五星红旗,像爱自己的心,没有了心,就没有了生命。"(《国旗》)"当一些陈旧的东西消失的时候,会引起陈旧的灵魂的叹息。"(《好》)"欢乐不是钱买的,欢乐坐着智慧的小艇。"(《写在彩色纸条上的诗》)"在目力所不能及的迷蒙的、遥远的地方,到处都埋伏着危险。"(《大西洋》)"一切的美都和光在一起""凡是压迫人的人,都希望别人无能⋯⋯凡是剥削人的人,都希望别人愚蠢""只有通过漫长的黑夜,才能喷涌出火红的太阳""认识没有地平线,地平线只能存在于停止前进的地方""实践是认识的阶梯……真理只能从实践中得以永生""甚至光中也有暗,甚至暗中也有光,不少丑恶与无耻,隐藏在光的下面""即使我们只是一根蜡烛,也应该'蜡炬成灰泪始干';即使我们只是一根火柴,也要在关键时刻有一次闪耀;即使我们死后尸骨都腐烂了,也要变成磷火在荒野中燃烧。"(《光的赞歌》)"周总理像空气,像阳光,像水,好像很平凡,却谁也不能离开。"(《在浪尖上》)……不难看出,这些警句是诗人思想感情和生活体验的结晶,是诗人从复杂的社会生活矿藏中提炼出来的珍品,是引人深思、发人深省、催人奋进的箴言,是矗立在生活湍流中的一盏盏航标灯。

对于德国大戏剧家、诗人布莱希特,德国观众曾经有一句赞语:"人们在看他的戏的时候,可以思考很多问题。"艾青也说过:"一首诗不仅使人从那里感触了它所包含的,同时还可以由它而想起一些更深更远的东西。"(《诗论·诗》)读艾青的诗作,我们是"可以思考很多问题"的,是"可以由它而想起一些更深更远的东西"的。

三

艾青诗歌的哲理性之所以珍贵,是因为这种哲理没有重复尽人皆知的哲学原理和政治概念,而是以丰富的人生经验为基础,独具个性地揭示了生活的本质。"愈丰富地体味了人生的,愈能产生真实的诗篇。"(《诗论·生活》)诗人在诗中阐发的哲理思想,是深深植根于现实生活的沃土之中的,是长期艰苦生活的风霜雨雪和千千万万个"大堰河"的乳汁,以及认识世界、改造世界的满腔热情赋予他的。

诗人的经历是坎坷多难的。智利著名诗人巴勃罗·聂鲁达说他是"在东方残废的殖民统治下以及在巴黎的艰苦生活中磨炼出来"的诗人,我们还要补充一句:他还是一个被"左"倾路线迫害20年之久,"像一个核桃似的遗落在某个角落——活着过来了"的诗人(《艾青诗选·自序》)。诗人在回顾自己的生活道路时说:"我所经历的时代,是一个波澜壮阔、绚丽多彩的时代。我和同我差不多年纪的人们一样,度过了各种类型、不同性质的战争;也遇见了各种类型、不同性质的敌人。真是变幻莫测。"(《艾青诗选·自序》)正是这"变幻莫测"的时代风云,促使我们的诗人在生活的风暴中、在斗争的浪尖上,与人民同呼吸、共命运,和人们一起感受、一起患难、一起忧愤和思考,而且由于他的社会职能和艺术个性,他甚至比别人承担更多苦难,享受更多欢乐,爱得更火热,恨得更强烈。

"海水是咸的/泪也是咸的//是海水变成泪/是泪流成海水?//亿万年的泪/汇聚成海水//终有一天/海水和泪都是甜的"。这首《海水和泪》,短小的篇幅里蕴含多么深厚啊!不管是海水变成泪还是泪流成海水,不都象征着数千年来人民所经历的无穷无尽的苦难吗?"终有一天,海水和泪都是甜的",写得太好了!它寄托了诗人对整个世界、整个人类命运的期望,是深沉的悲愤中的警世之言。这种人生观念,是血泪酿成的,但又不是单纯血泪的再现。它在引导我们思索历史教训的同时,又以乐观向上的精神鼓舞我们展望未来,这就是艾青式的诗情和语言。

另一首被人们认为可以作为艾青自我写照的《鱼化石》,形象而生动地表达了"活着就要斗争"的人生观。一条"动作多么活泼"的鱼,"遇到火山爆发","失去了自由,被埋进灰尘",亿万年后,"在岩层里发现"也"依然栩栩如生"。在对鱼化石的凝视中,诗人探索到一种人生的真理——"离开了运动,/就没有生命。/活着就要斗争,/在斗争中前进,/当死亡没有来临,/把能量发挥干净"。

艾青有着哲人的头脑、诗人的智慧,他是哲人和诗人的统一体。他非常善于寻找独特的观察事物和表现生活的角度,把悟出的真知灼见形象地融入自己的诗篇。"缩龙成寸"的盆景,多少年来以其精湛的技艺和生动的姿态,给人们以"一峰则太华千寻,一勺则江湖万里"的美感享受。然而,艾青在这首诗中,对这一誉满天下的艺术奇葩,从一个完全出人意料的角度去描绘它、剖析它:"以不平衡为标准,残缺不全的典型""像一群饱经战火的伤兵,支撑着一个个残废的生命""柔可绕指而加以歪曲,草木无言而横加斧刀"——因"文革"动乱而遭受创伤的中国社会,这种畸形儿式的"盆景"时常可见。这首别具一格的《盆景》,正是诗人对事物禁闭的门的偶然开启,非经深入的体验、观察和哲理的思考是发现不了的。"写人家不曾写的,不写人家已写过一万遍的。写人家不能写的,不写那任何人都能写的。"(《诗论·创造》)艾青是这样说的,也是这样做的。

四

艾青诗作表现哲理思想的成功,不仅仅在于诗人对生活有新的发现、新的见解,还在于诗人能够遵循艺术反映生活的特殊规律,善于把哲理的思考与典型的创造、形象思维与逻辑思维有机地融合在一起,把抽象、深奥、无限的哲理渗透在具体、特定、有限的形象之中。诗人认为:"诗人一面形象地理解着世界,一面又通过形象向人们解说世界。"(《诗论·形象》)正因为如此,艾青的诗作才达到了思想性和艺术性的高度统一。

艾青的诗作在不少情况下,是将哲理附丽于人们所熟悉的象征性的形象之中的。诗人往往利用人格化的手法,借助于对某种客观事物的形象的逼真描写,显示出"言在此而意在彼"的象征意义。诗人创造的许多形象,例如:树、太阳、春、黎明、煤、火把、野火、礁石、珠贝、电、光、盆景、鱼化石、镜子……无不包含着某种程度的象征意义。诗人在创造这类形象时,绝不是把它们变成图解某种哲理思想的简单的标本,使它们失去或违背客观事物的固有的形象特征和自然发展规律,进行简单地比附和说教;而是在一定的时代和政治背景上,正确地、本质地然而又是具体地、生动地显示出生活和斗争的哲理。

"一棵树,一棵树/彼此孤离地兀立着/风与空气/告诉着它们的距离//

但是在泥土的覆盖下/它们的根伸长着/在看不见的深处/它们把根须纠缠在一起"这首题为《树》的短诗,写在抗日战争的1940年春天。显然,诗人是借助树的形象寓写当时中国的抗战形势,寄托蕴藏于胸中的斗争哲理。为了使处在白色恐怖之中的人们看到光复祖国的希望,诗人抓住树的固有的显著的形象特征,具体而形象地告诉人们要"透过现象看本质"。读着这首诗,我们仿佛看见广大军民紧密团结、勇敢战斗,抗日民主力量正在悄悄地然而是蓬勃地蔓延发展的壮观画面,深有"地火在运行"的感触。

艾青在诗中表现哲理思想所采用的艺术手法是丰富多彩的,诗中深刻的哲理常常与形象化的语言融为一体,表达得巧妙而自然。诗人于1979年到西欧访问时写下的《墙》,是一篇寓哲理于形象的佳作。东、西柏林之间只有3米高的一堵墙,诗人以他那"比一般人更具体地把握事物的外形与本质"(《诗论·形象》)的锐利的艺术眼光,一下子洞穿了这个个别事物身上的个别性。他把这堵墙比作一把刀:"把一个城市切成两片",然后借助这一依托,在"国家统一"的跑道上,展开和升起了诗的羽翼:即使这堵墙再高1000倍,"又怎能阻挡千万万人的比风更自由的思想?比土地更深厚的意志?比时间更漫长的愿望?"在这里,不具形的思想凭借富有特征的具体形象,得到了情真意切的展现。

运用比兴塑造形象和表现哲理,也是艾青诗作中哲理形象化的一种手段。试看下列诗句:"星星不能只半边有光芒,歌曲不能只唱一半;自由应该像苹果一样鲜红、浑圆,是一个整体。"(《维也纳》)"我们像禾草那么众多而又单纯,像山岩似的领受暴风雨的打击,我们像煤块似的坚硬而又沉默,等时间到来,就发出熊熊的火焰。"(《大西洋》)"周总理像空气,像阳光,像水,好像很平凡,却谁也不能离开。"(《在浪尖上》)"现代的恋爱,女子把男子看作肉体的顾客,男子把女子看作欢乐的商店。"(《火把》)"即使我们是一根蜡烛,也应该'蜡炬成灰泪始干';即使我们是一根火柴,也要在关键时刻有一次闪耀。"(《光的赞歌》)"即使我是一颗蚂蚁，或是一只有坚硬的翅膀的蚱蜢，在这样的路上爬行或飞翔，也是最幸福的啊！"（《公路》）读着上述充满深刻哲理的诗句，我们不仅感觉不到一丝说教的意味，相反却有赏心悦目、芳香沁脾之感。诗人的哲理思想完全是从他所创造的丰富的形象中流露出来的。

五

艾青的诗作非常讲究形象的创造，但也不排斥抽象的议论。艾青曾说："诗是要形象思维的，但又并不排斥逻辑思维，……形象思维和逻辑思维是互相联系的，互相补充的。"（汪清波《论艾青前期诗歌创作》）他的一些诗作，有分析、有说理、有推论、有呼号。它们有的插在诗篇中间，有的出现在诗篇末尾。它们并不是抽象概念的复述，更不是他所反对的"浮泛的叫喊，无力的叫喊"（《诗论·技术》），而是从灵魂的高山倾泻下来的感情瀑布，是为了使画师笔下的龙破壁腾飞而为之点上的眼睛。正是这些议论，使诗篇所表现出来的思想更加明确、更加深刻。我们说，它们是艾青诗作中有力量的不可缺少的美妙音符。

写于抗战时期的《我爱这土地》是一首爱国者之歌，诗人把自己比作一只鸟，为了祖国这块多灾多难的土地，愿用已经嘶哑的喉咙为之歌唱，甚至死了"连羽毛也烂在土地里面"。诗人写到这里，并未就此打住，而是把笔锋一转："为什么我的眼里常含泪水？因为我对这土地爱得深沉。"这两句议论由于有前面的形象作基础，因而不显得空洞、多余；相反，却因为与前面的形象的有机结合，给热烈的诗情又涂上了一层浓厚的哲理色彩，使思想更精深、意境更幽远，从而使全诗产生了一种感人肺腑的力量。《春》《大堰河》《北方》《欢呼》等诗的结尾，都是作的同样的艺术处理。《欢呼》的结尾是这样的："这是中国人民/用眼泪换来的欢乐/用血汗栽培的花果/这是毛泽东同志、朱总司令/八路军、新四军带给我们的幸福！/这是斯大林元帅/伟大红军带给我们的幸福！"这几句如果单独抽出来看，很像是标语口号，但在诗人的磅礴的诗篇中，却是有力量的音符，不但表明了诗人的思想立场，也表现了诗人对抗战胜利的正确而深刻的理解，表现了诗人的感情与祖国人民的感情的深刻联系，并说出了每一个经历了抗日战争的人都会感觉到的朴素而伟大的历史真理。

艾青说过："诗人是语言的艺术家，诗人的财富是语言。""普罗米修士盗取了火，交给人间；诗人盗取了那些使宙斯震怒的语言。"(《诗人论》)很显然，诗人是无比珍爱和崇尚富有哲思、富有艺术感染力的语言的；这种语言是人类文明的瑰宝、社会进步的利器。有了这种语言，人类社会就会呈现斑斓的色彩、发出温暖的光热。

（原载《酿泉》1982 年第 2 期）

浅析伍斯琕《来安十景》等诗的思想性及其艺术风格

叶永寿

清朝是在满族统治者镇压李自成农民起义后取得中央政权的,并随即进行了统一全国的战争。这一时期突出的矛盾是民族矛盾。清统治者虽然采取了一系列诸如礼葬崇祯,擢用降吏和不改变汉人服制等项措施,企图缓和汉人的反抗情绪。然而,在清初几十年时间里,反清战争仍在不断地进行。"扬州十日"和"嘉定三屠"是汉人反清斗争中最惨痛的历史。到了康熙时期才完成了全国的统一。统治者一方面采取一系列恢复农村经济的措施,以求缓和民族矛盾和阶级矛盾,安定社会秩序,这使汉人在经历了巨大的战乱之后得以安定喘息的机会;一方面一步步加强中央集权,形成了极端专制的封建统治。与此同时,在反对民族压迫、反对封建专制斗争中出现的进步思想家如顾炎武、黄宗羲,他们的民主启蒙思想在意识形态中形成了较大的影响力。伍斯琕便在这样的政治大背景里走上了仕途。伍斯琕入仕,清朝已立国70年,故国之思可能对他影响不大,但他亲身经历着尖锐的民族矛盾和极端的封建专制,以及目睹时有发生的牢笼文士的文字狱,还有顾、黄的进步思想也同时在影响着他,激起他的民族意识,他在耳濡目染中养成较为理性的性格。

伍斯琕,字非石,江西新建人,生卒年代不详。康熙甲午(1714年)五经中试,雍正八年(1730年)任来安县事,在任6年。

来安县地处江淮之间,是江淮分水岭所在地,南部圩田,水光潋滟,北部为大别山余脉,构成延绵的丘陵,山峦起伏,风光绮丽。境内素有10处美景,称著一时。伍宰到任,对来安钟灵毓秀的美景十分陶醉,大加赞赏,留下了10首赞美诗以及多首吟咏来安风情的诗篇。这些诗篇反映了伍宰人生、思想的轨迹,也表现了他在诗歌创作上的艺术造诣。现就其《来安十景》等诗的思想性和艺术风格做一点粗浅的分析。从伍斯琕所作的《来安十景》等诗的思想内容看,总体上反映了伍宰的勤政和亲民。

首先说勤政。伍斯瑸在任期间，颇有政绩，绰其能声。他在《琉璃日影》中写道："所虑汲长偏绠短，寸心愁绝不成眠"，诚惶诚恐，唯恐自己缺少能力而占据禄位，奉职无效。他在《沙河带练》中写道"连山附郭势周遭，驻马纡回不惮劳"，表现了他忙于公务、不顾鞍马劳顿的勤政精神。他在《过古城山》中写道："采药人从天半立，负薪驴向树头还。原非鸟道行人绝，却似羊肠策马艰。"人立半空，驴走树头，多么峭拔而险峻的崎岖山路，然而还得"两月渡淮三过此，往来应恐鬓成斑"。在《清静庵》中"自怜身似庵前竹，冒雨披风是惯谙"。在《宿三圣庵》中写道："王事从来讥偃息，未明驱马又骎骎。"这些诗句都表现了作者吃尽千辛万苦，无怨无悔地为公务而操劳，兢兢业业，毫无懈怠的敬业精神。《乌衣早发》一诗这样写道："为趱挑圩上晓鞍，披霜抹月不胜寒。叮咛修筑须争早，春水来时措手难。"这让我们想象出在严寒的季节里，一县之长不辞劳苦，日出之前跃马奔向修圩工地，亲自督查，亲自指挥，深谋远虑，语重心长，嘱咐叮咛，一定要抓紧施工，赶在汛期之前筑好圩堤，并向人们说清道理，如果误了工期，后果严重，不堪设想，遭受的巨大损失是无法弥补的。在封建社会里，这样出于公心、吃苦耐劳、勤于政事、为民着想的地方长官，不能不说是一位值得尊敬称颂的好官。

说他勤政，我们还可以从道光十年（1830年）刊《来安县志》中得到佐证。志中有记："伍斯瑸……雍正八年任县事。每奉委邻县查办事件，讯鞫疑狱，绰有能声。"他勤于听断，精于综理，释冤抑，邑民悦服。这就是说伍宰是一位办案能手。办案，只有秉公执法，不贪赃枉法，不徇私情，铁面无私，这样才能把案件办成铁案。能把奸淫匪盗、欺诈百姓、为非作歹的人绳之以法，这对保障社会安定、百姓安居乐业是大有裨益的。

此外，伍斯瑸在任期内主持纂修了第四部《来安县志》。他考虑到来安"地逼江淮，重山环亘，虽若偏隅，实居要害，物产既饶，民风亦厚，……是亦江南一胜区也"，为使来邑人民这种"淳朴永其年""清苦成其节"，使来邑声名文物与史册相辉耀，以光文献而扬文治，在"岁时多渗,省巡星亟,又簿书在前,方忧其丛脞未遑"的繁忙中,拨冗与时任教谕的项世荣开局纂辑,殚心搜访,编成了包括地舆图记、建置沿革、仪制、兵防、水利、田赋、物产、寺观、释道、名宦、政绩、集文、诗歌等内容的 12 卷约 30 万字的志书,较前志详备得多,也为道光年间编纂的县志提供了蓝本。上述两件事虽属题外,旨在见证其勤政。

我们说伍斯璜亲民,这首先可以从他热爱来安的山山水水、褒奖来安的古朴民风方面来看。他在《宝山集》诗中写道:"小小村墟翠一丛,土墙茅屋四山中。莫嫌地僻人烟少,却有唐虞太古风。"这是一处远离尘嚣静僻的小山村,虽然只有土墙茅屋,但环村丛翠,人心古朴,这与城市里车水马龙、朱门豪宅不可同日而语。而伍斯璜却能另辟蹊径,发现了这里质朴的民风,如果不是一位亲民的长官是绝对不会有这样思想,发出这样感慨的。不仅如此,他还从内心里深爱着这样风景秀丽、民心古朴的地方。他在另一首《殷家涧》诗中写道:"四面巉岩尽是山,中流一涧响潺潺。朝来岚色真堪画,憾不移家住此间。"爱到因不能"移家住此间"而深憾。

伍斯璜的亲民思想更表现在关心民生疾苦。《五湖环秀》中的"田因春雨兴禾稼,民以时和长子孙",《龙泉云气》中的"化为霖雨沾新稼",《团仓山》中的"山势团圞绕四旁,浑如庾廪护重冈。辀轩欲识来民富,笑指斯山是太仓",再现了作者心中有百姓,处处为民着想。他期盼风调雨顺,年年有个好收成,百姓仓廪充足,衣可御寒,食可果腹,衣食饱暖。特别是《宿三圣庵》一诗中这样写道:"咨询遍及民饥苦,瘝瘝时萦已溺心。"伍斯璜到任的第二年来安大水,百姓受灾,当了解到百姓的饥苦时,他寝食难安,心痛不已。这些关心民生疾苦、实心任事的精神都是难能可贵的。

另外,伍斯璜为民办实事大到秉公断案,为民除害,体察民情,大搞兴修水利,亲临督战,小到开渠掘井,比如时任教谕的项世荣曾有七律《琉璃古井》一首,其中有"我侯无乃忧民渴,为浚灵泉润万家"的诗句。

这里的"我侯"即指伍斯璜。琉璃井是一口在市井中的居民用水井，由于年久淤塞，伍斯璜组织清淤，这样清泉才得以重新流淌以润万家。他自己也在《琉璃日影》中写道："所虑汲长偏绠短，寸心愁绝不成眠。"一语双关，其中一层意思就是唯恐百姓汲不到水而忧心。这件事看起来不大，但事关民生，所以这也是伍斯璜的亲民之举。

伍斯璜的诗作里除了表现出勤政和亲民，还表现出一种淡泊名利，但又哀叹自己仕途不佳难得受到宠信的矛盾心理。他在《舜哥樵乐》里说："应笑道旁名利客，一生劳扰梦魂中。"对那种一味追名逐利者不屑一顾，但在另一首《石固呈祥》诗中说："太平天子正当阳，山岳纷纷纪降祥。"为当朝独裁皇帝雍正歌功颂德，而且流露了"近欲勒成忠孝传，自惭无路颂陶唐"。也就是想尽忠孝而无路获宠。我想，这种心理在封建士大夫中是普遍存在的。就连当年的李白也曾自命清高，一旦失宠，情绪便跌落千丈。好在我们从伍斯璜留下的诗歌中还没有发现他对仕途上不能飞黄腾达的悲观情绪。

诗歌在清代不算主流，绝非盛唐可比。清初文化思想上的斗争很尖锐。清统治者大力提倡程朱理学，比如康熙时代编写了《性理精义》，又重新刊行了《性理大全》等书，用以巩固其思想统治。清代科举虽按明之旧制，但对文人羁縻有加，牢笼文士。同时，严禁文人结社，大兴文字狱，用以压制思想上的反抗。出现了康熙间的"明史案"，被杀70余人，株连近200人；雍正间的汪景祺之狱，吕留良、曾静之狱，对文人实行残酷的镇压，文艺思想领域大有万马齐喑的趋势。在这种形势下，诗文的复古主义倾向严重，考据之风日盛，诗坛上还出现了以"神韵"为主、创作力求"超脱"的主张。这种诗风的形成，使作家日益脱离现实。但是也有些诗人写出了一些反映强烈民族意识和流露故国之思的作品。这些诗人经历了阶级矛盾和民族矛盾的冲击，迫使他们不得不面对现实，而各就自己的学力和爱好进行创作，大抵不拘一格，不名一家。我想，伍斯璜的诗作应该归属后一种类型。伍斯璜虽然在文学史上没有获得一席之地，也没有见其专集流传于世，但就其留下的数十首诗作来看，能反映地方风物，人民生活，发抒真情实感，读起来让人耳目一新，并给人以美的享受。就其诗的风格从以下几方面略作分析。

构思曲致，意境幽清。以《舜哥樵乐》为例，"攀缘萝薜逐春风，游兴深山鹿豕同，玉斧数声沉远壑，清歌一曲出深丛。闲沽浊酒醺犹酌，冷爇枯枝暖自烘。应笑道旁名利客，一生劳扰梦魂中"。在和煦的春风里，作者走进深山，攀缘在萌发的草蔓萝薜中，与鹿豕相和谐。远处，樵斧之声在深壑中回响，深丛里传出阵阵朴素浑厚的清歌，只闻其声而不见其人，品味山肴野蔌，把酒临风，醉意朦胧，尽情享受大自然的天趣。燃烧的柴枝，格外暖意融融。蓝天、绿草、山道、樵声、歌谣、天幕下的野宴，多么美的清幽环境！人与自然的和谐，人与景的交融，恬淡自然，心旷神怡，向人们展示出乐观而浪漫的情怀。只有心无杂念、情操高尚的人才能融合在这大自然和谐的美中。也只有这样的人才有资格批评那些"一生劳扰梦魂中"的名利客。整首诗构思巧妙，婉曲而有致，创造出醉人的清幽意境，大有王、韦之遗风。

情随景生，触景萦怀。且以《殷家涧》为例，"四面巉岩尽是山，中流一涧响潺潺。朝来岚色真堪画，憾不移家住此间"，四周是险峻的巉岩，中间一条小溪水声潺潺，清晨山岚迷蒙如带，好一幅天工巧作的水墨画。作者看到这如诗如画的天然美景，十分动情，直抒胸臆，发出不能"移家住此间"的深深缺憾。随景生情，萦绕于怀，犹如余音绕梁，久久不能散去。这首七绝前三句写景，末句抒怀，说明作者酷爱大自然，抒发了热爱来安美丽如画的山光水色的肺腑真情。再如《宝山集》一诗："小小村墟翠一丛，土墙茅屋四山中。莫嫌地僻人烟少，却有唐虞太古风。"这首诗初看起来写的仅仅是山坳中的一座普通的静僻的小山村，再读便不难发现首句中一个"翠"字确是点睛之笔，写出了这个小山村的无限生机，让我们想象到山民长年累月地在这里劳作、生息，敦厚、朴实，邻里之间和睦相处，民风古朴，犹如陶渊明笔下的世外桃源。作者身临其境，情随景生，由衷地发出了"却有唐虞太古风"的赞叹。表现了这位县宰热爱大自然、热爱人民的高尚情怀。

对仗工稳，音调和谐。比如七律《舜哥樵乐》颔联："玉斧数声沉远壑，清歌一曲出深丛。""清歌"对"玉斧"，"一曲"对"数声"，"出"对"沉"，"深丛"对"远壑"，词性相合，结构相同，语义相对，平仄相反。"出"，古读入声，便成仄仄仄平平仄仄，平平平仄仄平平。不敢称其为绝对，但确是既工且稳，音调和谐，读起来朗朗上口。又如"七律"《龙泉云气》一首中颔联、颈联"云气夜嘘腾碧落，龙光晓出护青峦。化为霖雨沾新稼，散作晴岚复古坛"，不仅属对工整，而且粘对合律，音调也很和谐。还有诸如《王母仙踪》中的"苔封旧刻虚鸾信，草没荒池废楮钱"，《五湖环秀》中的"几处溪桥堪入画，数家篱落自成村""田因春雨兴禾稼，民以时和长子孙"，《琉璃日影》中的"千门杏霭资膏沐，一气清泠润管弦"，《天竺迎晖》中的"未见碧梧棲凤鸟，但留金粟照袈裟""恒河水溢飞成彩，祇树光生幻作花"等诗句也不失为对仗工稳、音调和谐、韵致流溢的佳句佳联。

语淡而腴，隽永清新。伍斯璸的诗不轻易用典，造语新颖不事雕饰，笔似浅直而言近旨远。如《龙泉云气》中"化为霖雨沾新稼"，他想到的是甘霖润禾稼，而不是一般文人的风花雪月。《五湖环秀》中"田因春雨兴禾稼，民以时和长子孙"用语质朴，但反映了风调雨顺、时和世泰事关社会长治久安的大问题。又如《舜哥樵乐》中"应笑道旁名利客，一生劳扰梦魂中"一针见血地刻画出追逐名利者寝食不安作茧自缚的思想困境，同时也表现了作者高卓淡泊的情致，这是人生解悟的大道理。而作者所想的却是"所虑汲长偏绠短，寸心愁绝不成眠"（《琉璃日影》）和"咨询遍及民饥苦，瘝瘝时萦已溺心"（《宿三圣庵》），与名利客形成了高尚和卑下的鲜明而强烈的对比。再如《乌衣早发》中"叮咛修筑须争早，春水来时措手难"，语言质朴无华，谆谆教导，千叮咛万嘱咐，充分显示出一心为民着想的真挚感情，其诚恳形态几乎可以呼之即出。其语言清丽淳朴，淡中有味，隽永清新。体现了作者胸中文采灿然。

以上所述仅一管之见，很是肤浅，所举诗句只鳞半爪、难窥全豹。这是由于本人才疏学浅，不通韵律，难以悟得诗人诗作的真谛，且不免舛错，诚请专家学者指教。

（原载《醉翁亭文学》2017年第2期）

《来安文化丛书》编撰后记

2021年1月29日，来安县十七届人民政府第74次常务会议研究通过《来安文化丛书》编撰出版实施方案。2月20日，时任县委副书记、县长杨文萍签发《来安县人民政府办公室关于开展〈来安文化丛书〉编撰工作的通知》（来政办电〔2021〕9号），时任副县长魏凯主持召开《来安文化丛书》编撰启动会。

历经两年多时间，《来安文化丛书》编撰告竣。在这套书籍即将出版之际，特作此后记。

《来安文化丛书》是中华人民共和国成立后首套反映来安地域文化的综合性书籍，也是来安县文联自1991年成立后首次承担大型政府文化工程。丛书编撰任务是光荣而艰巨的，对于地方文化和文学艺术创作的总结、传承与发展，具有历史意义。对来安人民负责，对来安历史负责，对来安文化文艺事业负责——正是本着这样的初心和信念，以来安县委宣传部原副部长、县作家协会顾问黄学海，县文联主席、县作家协会会长王道琼，县作家协会秘书长王强等为主要成员的丛书编撰者们克服一切困难，砥砺前行。两年多来，有些人没有等到丛书编撰完成便离开人世，这样的遗憾无法言说。他们中，既有最初拟定的编撰人员，也有拟选编作品的关键作者，还有相关书稿中的当事人。《来安风采》主编、来安县原文化局退休干部田玉龙在2021年8月25日突然去世，享年73岁；2022年2月17日，《影像来安》拟选编老照片作者朱明突然去世，享年88岁；2022年7月25日，《来安风采》收录的现代人物、上海市政府原副秘书长李开亚因病去世，享年93岁；2023年2月15日，《永阳墨韵》初期参与者、来安县美术协会会长梁士军因病去世,享年60岁……所以,从某种程度上来说,《来安文化丛书》也是在与时间赛跑,趁着了解、熟悉来安地域文化的专家或当事人还健在,最大限度抢救性地搜集、整理、挖掘、编撰,使之成书,以期为来安,为后世留存下可资借鉴参考的地域文化书籍。

为了编好这套丛书,来安县政府批拨专项经费,县政协、县委宣传部、县财政局、县民政局、县文旅局、县教体局、县统计局、县卫健委、县水利局、县交通局、县农业农村局、县林业局、县经信局、县委史志研究室、县档案馆、县文物所(博物馆)、县供电公司等有关部门、单位和各乡镇均给予大力支持和积极配合。为了编好这套丛书,众多作者积极投稿,编撰者不分昼夜加紧赶稿,滁州市文联、滁州市委史志研究室、滁州市作家协会等部门的领导、专家,以及省内外相关单位的负责同志和文联同仁也给予热情帮助……

在此,我们谨向所有为《来安文化丛书》付出过辛勤劳动的人们表示衷心的感谢!

由于编撰者水平有限和缺乏经验,本套丛书不足之处在所难免,敬请广大读者批评指正。

来安县文学艺术界联合会

2023年8月17日